令和と万葉集

村田右富実

西日本出版社

はじめに

この「はじめに」は四月十一日に書き始めています。木曜日の四時間目の授業が終わった夕暮れです。「令和」の発表から十日が経過しましたが、報道は今も続いています。その報道は、大きく二つの流れになっているようです。

一つは「初めて国書から採られた元号だ」といったもの。もう一つは「『万葉集』から採られたといっても、もとをたどれば中国文学じゃないか」といったものです。筆者はほとんど見ないのですが、いわゆるＳＮＳも同じような感じだと知り合いから教えてもらいました。

たとえば、産経新聞の二〇一九年四月二日のウェブ版には、

> 飛鳥時代に定められた最初の「大化」（６４５年）から数えて２４８番目の元号となる。出典は奈良時代に編まれた日本最古の歌集「万葉集」だ。元号が漢籍（中国古典）からではなく、国書（日本古典）から引用されたのは初めてであり、歓迎したい。
>
> (https://www.sankei.com/column/news/190402/clm1904020001-n1.html)

とあります。一方、毎日新聞の二〇一九年四月一日のウェブ版には、

初の「和風元号」の出典となった「万葉集」の「初春令月、気淑風和」との文言について、複数の漢学者らから、中国の詩文集「文選（もんぜん）」にある「仲春令月、時和気清」の句の影響を受けているとの指摘が出ている。

（https://mainichi.jp/articles/20190401/k00/00m/040/256000c）

とあります。事実関係だけからいえば、政府が典拠《てんきょ》と発表した『万葉集』の表現は、明らかに『文選《もんぜん》』（後述）を踏まえています。しかし、だからといって『万葉集』の表現を低く見てよいわけではありませんし、『文選』を無視してよいわけでもありません。

本書は、できるだけわかりやすく「令和」とその背景について書こうとしています。それは、これまで積み重ねられてきた数々の先行研究とは無関係に先ほどの二つの流れが形成されていることへの不安があるからです。また、加熱する報道の中で、今回採択されなかった候補の典拠を尋ねてきたマスコミがありました。とてもおかしなことだと思いました。たとえば、赤ちゃんを授かって、やがて生まれて来る赤ちゃんの男の子の名前と女の子の名前を

考えていたご夫婦があったとしましょう。元気な女の子が生まれた後で、男の子の名前を詮索する、そんな感覚を持ちました。その取材はお断りしました。こうした本筋を離れた部分への興味本位の報道にも違和感がありました。

でも、日本語共同体の一員として、生まれて来た「令和」と、『万葉集』や『文選』などがどのような関係にあるのかを知っておくことは、悪いことではないと思います。

そしてまた、きっかけはどうあれ、『万葉集』に興味を持たれる方が増えることは『万葉集』の研究者として嬉しいことです。ほんの少しで大丈夫です。『万葉集』を愛してみてください。そして、筆者が二つの流れに抱いた違和感を共有して頂ければ幸いです。どうぞ最後までお付き合いください。

目次

はじめに …… 001
第一章　ことのはじまり …… 008
第二章　暦と元号 …… 019
第一節　暦 …… 019
第二節　元号 …… 022
第三節　令和 …… 037
第三章　「梅花歌の序」まで …… 042
第一節　『万葉集』 …… 042
第二節　大伴旅人 …… 049
第三節　梅花宴 …… 051
第四章　「梅花歌の序」 …… 060
第一節　「梅花歌の序」の内容 …… 060

第二節　時に、初春の令月にして、気淑く風和ぐ。……076

第五章　王羲之と「蘭亭序」……088

第一節　王羲之……088
第二節　「蘭亭序」……095

第六章　『文選』と張衡の「帰田賦」……106

第一節　『文選』……106
第二節　張衡……107
第三節　「帰田賦」……108

第七章　教養……113

第一節　「梅花歌の序」のオリジナリティ……113
第二節　現代の教養……115
第三節　奈良時代の教養……117

第八章　むすびにかえて　125

附章　大伴旅人という生き方―『万葉集』へのトビラ　129

第一節　『万葉集』へのトビラ　130
第二節　高級官僚・大伴旅人　130
第三節　大宰帥・大伴旅人　137
第四節　大納言・大伴旅人―帰京と死―　150
第五節　人間・大伴旅人―むすび―　154

付録1　主要引用テキストの原文など　156
付録2　主要参考文献　173

あとがき　180

令和と万葉集

第一章　ことのはじまり

2019.04.01 月曜日

平成三十一年四月一日午前十一時三十分の予定を少し遅れて、新元号「令和」が発表された。作成中の資料に新元号を記そうと思っていたので、インターネットの中継を見ていた。「令和か、なんかピンと来ないけど、平成の時も最初はそうだったわ、まぁ、そのうち慣れるわな」などと思いながら、仕事に戻った。数分後、学生からライン（SNSの一種）に連絡が入った。以下のやり取りは、名前や絵文字以外は、その時のままのものである。そのため、多少わかりにくいところやおかしなところもあるが、生の記録なので、手を加えず掲載する。

学生

先生、新元号の典拠が万葉集だそうですが、もしかして携わったりしましたか？笑

11:45

村田

今、東京です。先ほど会議が終わったところです。ちなみに今日は4月1日。

11:46

村田

万葉集にそんな文字列ないぞ。

11:47

学生

残念です。笑

11:47

学生

え、そうなんですか!?

11:47

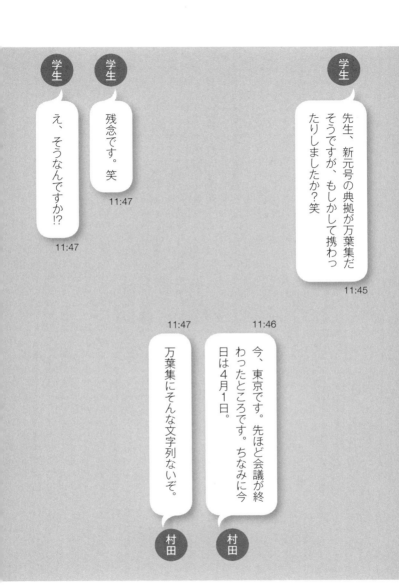

村田

何を言ってんだろ？　そもそもニュース見ていないし（笑）。

11:48

村田

どこから採ったって？

11:48

学生

万葉集のどっかの冒頭？で、令の～って感じらしいんですが、覚えてないです笑

11:49

学生

すみません笑

11:49

村田

なんやねん（笑）。

11:49

学生

蘭は～の文で終わるやつみたいです

11:50

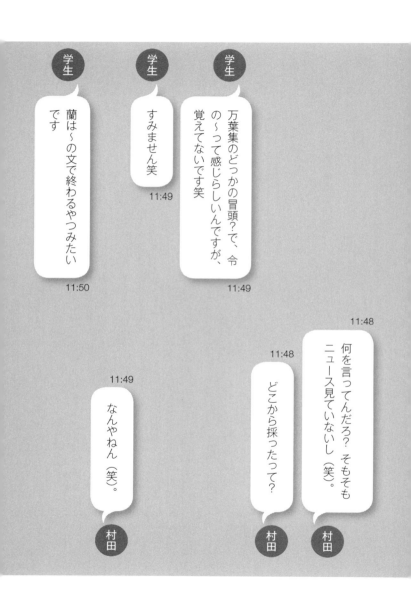

村田
天平二年正月十三日　萃于帥老之宅　申宴会也　于時初春令月気淑風和
11:50

村田
これか?
11:50

村田
蘭亭序だな。
11:50

学生
32しゅだそうです
11:51

村田
梅花歌三二首の序文ね。
11:53

学生
先生の特定、グーグルより早くて正確ですね笑
11:53

学生
怖い笑
11:53

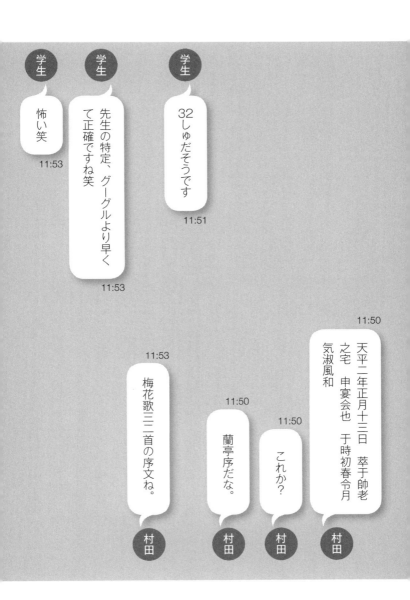

村田

これってたしかに万葉集だけれど、漢文やで。旅人が書いた文章で、「さぁ、みんなで梅を見ながら飲んで、歌を歌おう！」という大宰府での文章ね。でも「初春令月」って一月でよいmonthだ。だけれど、「令月」は中国文学に典拠があります。っちゅうか、「初春令月、気淑風和」は『文選』に典拠があるから、『万葉集』とはいえないとおもうけれどな。

11:56

村田

えーっと…ちょいと調べてみました。「仲春令月、時和し気清らかなり」（後漢・張衡「帰田賦」、文選十五）ですね。

11:58

学生

じゃあ、万葉集に載ってる、元は漢文ってことですか？

12:00

学生

先生はどう思いますか？新元号

12:00

村田

そもそも、日本文化は「どうやって漢文を踏まえるか」から始まったので、当然です。元号は・・・うーん、別にどうでもいい（笑）。

12:01

村田

巻五の８１５だから、見てごらん

12:02

学生

知識不足ですみません笑

12:03

学生

見てみます。

12:03

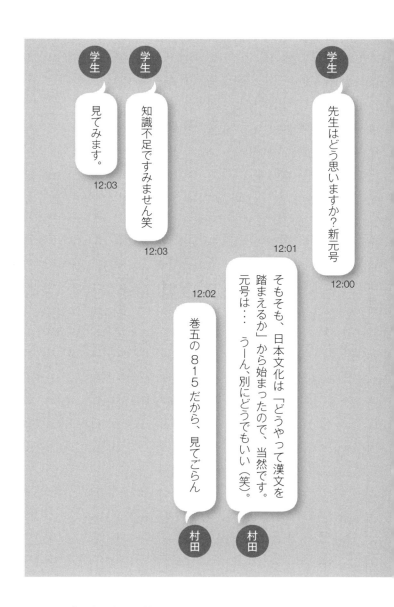

『万葉集』が典拠という学生のラインに違和感があった。典拠とは、ある表現の根源となるものだと考えていたためである。ネットを探していたら、官邸の発表があった。以下の通り。

先ほど、閣議で元号を改める政令及び元号の読み方に関する内閣告示が閣議決定をされました。新しい元号は「令和」であります。

この新元号については、本日、元号に関する懇談会と衆議院及び参議院の議長及び副議長の御意見を伺い、全閣僚において協議の上、閣議において決定したものであります。

新元号の典拠について申し上げます。「令和」は万葉集の梅の花の歌、三十二首の序文にある、「初春の令月にして　気淑《きよ》く風和《やわら》ぎ　梅は鏡前の粉を披《ひら》き　蘭《らん》は珮後《はいご》の香を薫《かおら》す」から引用したものであります。この新元号に込められた意義や国民の皆さんへのメッセージについては、この後、安倍総理の会見があります。

(https://www.kantei.go.jp/jp/tyoukanpress/201904/1_a.html)※1

やはり典拠とある。たとえば、「白妙《しろたえ》※2衣料株式会社」の宣伝文句に「春過ぎて夏来たる！白妙のTシャツを着て山に登ろう！」とあったとする。我ながらセンスの無さに驚くが、この文章の典拠は何かと尋ねられたら、十三世紀前半に藤原定家《ふじわらのていか》[※3]によって編まれた『小倉百人一首』[※4]に掲載されている、持統《じとう》天皇[※5]の、

春過ぎて　夏来にけらし　白妙の　衣ほすてふ　天《あま》の香具山（二[※6]）

と答える人もあろう。官邸の見解にのっとれば、それはそれで間違いではないことになる。

しかし、一般には、八世紀に編まれた『万葉集』の、

春過ぎて　夏来るらし　白たへの　衣干したり　天《あめ》の香具山（1・二八）

を典拠というだろう。少なくとも日本文学研究の分野ではそうである。藤原定家が『万葉集』の写本を直接見た可能性もあるし、この歌は、

春過ぎて　夏ぞ来にける　白妙の　衣干したり　天の香具山（『家持集《やかもちしゅう》』[※7]七八）
春過ぎて　夏ぞ来ぬらし　白妙の　衣かわかす　天の香具山（『古来風体抄《こらいふうていしょう》』[※8]三〇一）
春過ぎて　夏来にけらし　白妙の　衣ほすてふ　天の香具山（『新古今和歌集』[※9]一七五）

とも見え、極めて有名であったために、『小倉百人一首』を編む時、すでに定家の頭に入っていた可能性が高い。定家自身に聞いてみないとわからないが、たぶん両方だろう。勿論、『万葉集』から『小倉百人一首』までの間に歌の表現は変化してしまっているが。

いずれにしても、典拠とは、「春過ぎて夏来たる」における万葉歌を指すと考えていた。

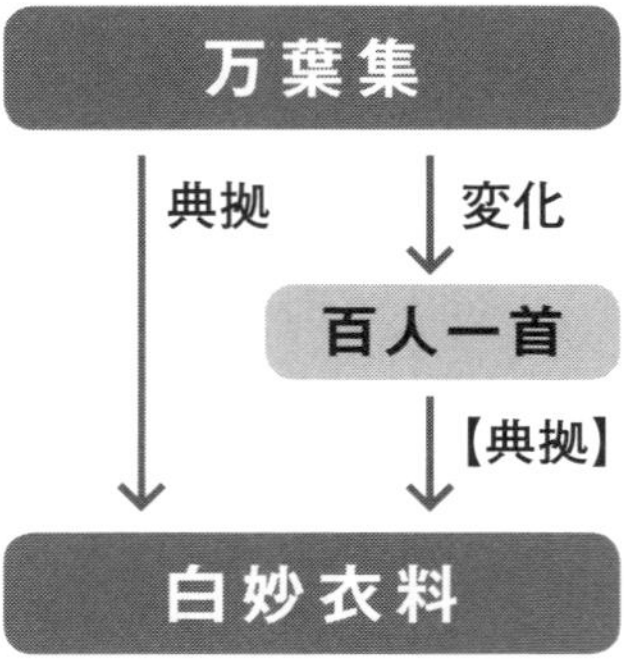

念のために、日本最大の漢和辞典、『大漢和辞典』[※10]を引いてみたところ、「正しい證據《しょうこ》。典證《てんしょう》。」とある。「典證」を引くと、「故事の證據。よりどころ。典據《てんきょ》」とある。戻ってしまった。「正しい證據」の「正しい」が曲者であるが、「よりどころ」とは何だろう？こちらも日本最大の国語辞典、『日本国語大辞典　第二版』[※11]を引いてみた。「成り立つもとになるもの。基づく所。根拠」とあった。筆者が考えていた「根源」に相当しそうな表現はない。「令和の典拠は『万葉集』にあるのだ」を完全なる間違いとはいえない。勉強になった。

ただ、「白妙衣料」にとっての百人一首を典拠と呼ぶことには抵抗があるので、本書では以下この使用法については括弧を付して【典拠】と記すことにする（右図参照）。

それでは、「令和」の典拠とともに、【典拠】の『万葉集』の「梅の花の歌、三十二首の序文」についてあれこれ考えてみたい。どうでもよかったはずの元号なのに、どうでもよくなくなってしまった。

※1　四月一日以来、インターネット上には、「令和」についてのさまざまな情報が載せられている。明らかに間違っているものもある一方、なるほどというものもある。後者については引用も考えたが、インターネットの性質上、すぐに削除されてしまうものも多く、また、全てをチェックすることもできないため、見落としもあると考え、本書では個別に触れることは避けた。

※2　本書のルビについて——現代仮名遣いを基本としているが、『万葉集』の歌などは旧仮名遣いにしている。

※3　藤原定家——一一六二～一二四一。『新古今和歌集』、『小倉百人一首』の撰者。私家集に『拾遺愚草《しゅういぐそう》』がある。

※4　『小倉百人一首』——「百人一首」は百人の歌人から一首ずつ選んだ歌集の総称。『小倉百

人一首』がその最初。ただ、一般的には『百人一首』といえば、『小倉百人一首』のことを指す。

※5 持統天皇――六四五～七〇二。第四十一代天皇。

※6 この数字は歌番号と呼ばれる一首の整理番号である。この番号は『新編国歌大観』（角川書店　一九八三～一九九二）によった。ただし、『万葉集』の歌番号については、『国歌大観』（一九〇一～一九〇三）の歌番号、いわゆる「旧番号」を用い、1・二八のように巻（洋数字）と歌番号（漢数字）とで記した。

※7 『家持集』――平安時代に成立した歌集。万葉歌を多数収めるが、大伴家持とは無関係。

※8 『古来風体抄』――藤原俊成《しゅんぜい》（定家の父）の歌論書。十三世紀初頭の成立。

※9 『新古今和歌集』――一二一〇年成立の八番目の勅撰集（天皇の命によって作られた歌集）。

※10 『大漢和辞典』――大修館書店刊。諸橋轍次《もろはしてつじ》著。一九五五年刊行開始。一九六〇年完結（全十三巻）。その後も増補が繰り返され、現在は全十四巻補巻一冊。二〇一八年、『大漢和辞典デジタル版』が発売された。

※11 『日本国語大辞典　第二版』――小学館刊。第一版は一九七六年に完成（全二十巻）。第二版は二〇〇二年に完成した。全十三巻別巻一冊。

第二章　暦と元号

第一節　暦

時間を区切るという作業は、なかなか厄介である。日の出、日の入りの時刻も季節によって違うし、「夜が明けたら家に帰る」、「秋になったら逢おう」といっても、夜明けがいつか、秋はいつからか、その判断は人によって違う。何とかして、共通の認識を持てないものだろうかと多くの人が腐心し、暦《こよみ》が生まれた。古く「日」（太陽ではなく「日にち」の「日」）は「け」ともいわれていた。「日長《けなが》くなる」といえば、多くの日数が経過したことである。この「け」の仲間に「か」がある。お気づきの方もあろう。「二日《ふつか》」、「三日《みっか》」の「か」である。そしてさらに「け」、「か」の仲間に「こ」があり、「日《こ》」を「読む」ので「暦《こよみ》」だと考えられている。「暦」があれば、社会の共通理解の形成は容易である。

しかし、社会の共通理解は、価値観の押しつけでもある。「午前九時から仕事をしなければなりません」、「正午の鐘が鳴ったらお昼を食べなければなりません」、「午後五時にはカラスが鳴くから帰らなければなりません」、もうちょっと遅く仕事を始めたい、お昼までお腹が持たない、夏の午後五時はまだまだ明るいから遊んでいたいし、カラスは時計を持っていない。そうした個人の感覚は「わがまま」といわれ排除される。結局、大勢に便利なものは個々人には不便なものでしかない。

個々人には不便でも大勢には便利な「暦」は、大勢をコントロールしたい支配者にとって、この上なく魅力的なものである。時間を支配すること、それが「暦」である。日単位でいえば、時計である。

皆人《みなひと》を　寝《ね》よとの鐘《かね》は　打つなれど　君をし思へば　寝《い》ねかてぬかも（4・六〇七）

「さぁ、皆さん、寝る時間です、もう寝なさい」という鐘を打つ音は聞こえて来るけれど、あなたを思うと眠ることなどできない。

『万葉集』に載るこの歌は、笠郎女《かさのいらつめ》※1が大伴家持《おおとものやかもち》※2に贈った一首である。社会と個人の対立がここにある。勿論、実際問題として、暦や時計がなければ、社会は成り立たないし、不便極まりない。持ちつ持たれつである。

したがって、為政者たちは、大手を振って暦を管理する。国家は自分たちの暦を考える。日本であれば、皇紀（初代天皇である神武《じんむ》天皇[※3]の即位を元年とする年の数え方）であり、和暦（いわゆる元号での数え方）であり、西暦である。本来、平成三十一年と呼ぼうが、令和元年と書こうが、皇紀二六七九年と表示しようが、西暦二〇一九年と記そうが、今年は今年である。にもかかわらず、本書が世に送り出されるのは、上に述べたような社会と政治と個人とが組んづほぐれつの状態にあるからである。

たとえば、今から一億三二二〇万年後の西暦は一三二二〇二〇一九年である。翌年は一三二二〇二〇二〇年となる。どこが違うか一瞬ではわからない。使いものにならない。それまで人類が存続しているとは思えないけれど、仮に存続して西暦を使い続けていたとすると、下何桁かを便宜的に使うことになるのだろう。皇紀も同様に使えない。和暦についていえば、その時代その時代を表せるだろうが、過去を知ろうとすると、種類が多すぎて、こちらも使いものにならないだろう。国立公文書館デジタルアーカイブ[※4]によれば、平成まで合計二四七の元号がある。これに「令和」を加えると、最初の元号である大化元年の六四五年から二〇一九年までの一三七四年で二四八個の元号がある。一億三二二〇万年後には二三七〇万個以上の元号ができる計算だ。多すぎる。そもそも現在でさえ、慶応元年の西暦がすっと出て来る人は、日本人全体の何パーセントだろう（慶応元年は一八六五年）。

結局、「こんなもんかな」というあたりで妥協するしかない。人間の身丈にあった時間の区切り方が選ばれる。

第二節　元号

ここまで特に注もせずに「元号」と呼んで来た。しかし、「元号」ということばの歴史は浅い。日本で「元号」ということばが使われ始めたのは明治時代に入って制定された天皇家に関わる法律・『皇室典範《こうしつてんぱん》』※5と思われる。中国の前漢（B.C.二〇二～A.D.八）についての歴史書である『漢書《かんじょ》』※6に「元号」に近い例があるにはあるが「元号」という文字の並びではない。奈良時代は「年号」というのが普通だった。ただ、「年号」というと七一〇年の「平城遷都」を「なんときれいな平城京」とか「納豆ネバネバ平城京」などと覚える「年号」を思い出してしまうので、本書では「元号」と呼ぶことにする。

日本で最初の元号は「大化」（六四五～六五〇）といわれる。「大化の改新」の「大化」である。

では、元号がない頃はどうやって年を数えていたか。干支《かんし》（六十年で一回りするあれ）が主流だった。たとえば、飛鳥時代、荷札にしていた木札（こうした類は木簡《もっかん》と呼ばれる）には、

乙丑年十二月十日酒□（人カ）

乙丑年（六六五）十二月十日酒人？

のように記される（この木簡は大伴旅人《おおとものたびと》が生まれた年に記されたものである）。六十年で一回りしてしまうけれども、荷札は消耗品なので、六十年前のものと混乱することはない。我々がメモに月日だけを記して年まで書かないのと同じである。実際六十年あれば、大概のことは片がつく。ちなみに、今年（二〇一九）の干支は「己亥《きがい》」、昨年は「戊戌《ぼじゅつ》」、来年は「庚子《こうし》」である。何度も確認したので、間違いない。しかし、このようにして六十種類の干支の前後関係をすべて頭に入れるのは、あまり生産的ではない。「ねぇうしとらうぅ～」の十二支は覚えているけれど、「こうおつへいていい～」の十干《じっかん》はそうはいかない。

十干の元になっているのは五行思想《ごぎょうしそう》※7である。「木」が燃えて「火」になる。「火」が燃えると灰を経て「土」になり、「土」を掘ると「金」（金属）が出て、「金」の表面には「水」（水滴）がつく。そして「水」は「木」を養う。そして「木」が燃えて……。この「木↓火↓土↓金↓水↓木〜」の繰り返しが五行思想の基本である。これを「木火土金水《もくかどこんすい》」と呼ぶ。

そして、「木火土金水」にはそれぞれ兄貴分と弟分がいる。日本語で「兄《あに》」のことを「え」と呼んでいた。「中大兄《なかのおおえ》」の「え」である。一方、「弟《おとうと》」は「おと」。「おとうと」は「おと＋ひと」が訛ったものである。「木火土金水」のそれぞれを「兄《え》」と「弟《おと》」の二つに分けた。兄は「木の兄《きのえ》」＝「きのえ」、弟は「木の弟《きのおと》」＝「きの（お）と」。あとは同じことの繰り返し。全て揃えると十干ができあがる。

1　木の兄（きのえ）↓甲（コウ）
2　木の弟（きのおと↓きのと）↓乙（オツ）
3　火の兄（ひのえ）↓丙（ヘイ）
4　火の弟（ひのおと↓ひのと）↓丁（テイ）
5　土の兄（つちのえ）↓戊（ボ）
6　土の弟（つちのおと↓つちのと）↓己（キ）

7　金の兄（かねのえ）→かのえ）→庚（コウ）
8　金の弟（かねのおと→かのと）→辛（シン）
9　水の兄（みずのえ）→壬（ジン）
10　水の弟（みずのおと→みずのと）→癸（キ）

この十干に十二支を組み合わせる。十干の最初は「甲（きのえ／コウ）」、十二支の最初は「子（ね／シ）」したがって「甲子」がトップバッターである。訓読みは「きのえね」、音読みは「コウシ」となる。二番手は「乙丑（きのとうし・オツチュウ、イッチュウとも）」。三番目は「丙寅（ひのえとら・ヘイイン）」。そして六十番目は「癸亥（みずのとい・キガイ）」である。論理を理解はできるけれど、六十種類の前後関係を正確に覚えるのは大変だ。やはり元号の「大化」を考案した人はえらい。

ただ、少しややこしいことがある。「大化」以前にも元号が使われていた可能性が存在する。ここは少し回り道が必要だ。和銅六年（七一三）に中央政府から各国に対して、特産物、土地の良し悪し、地元の伝承などを提出するよう命が下る。これに応じて諸国から中央政府に報告が上がる。この文書は後に『風土記』と呼ばれるようになる。現存するのは出雲国（島根県東部）、播磨国（兵庫県南西部）、肥前国（壱岐対馬を除く長崎県と佐賀県）、豊後国

（大分県の大部分）、常陸国（茨城県の大部分）の五ヶ国分だけである。ただ、中には別の書物に引用される形で一部分のみ残存しているものもある。『伊予国風土記』（伊予国は現在の愛媛県）もそのひとつである。鎌倉時代に書かれた『釈日本紀《しゃくにほんぎ》』※8という『日本書紀』の注釈書に引用されている。話はさらに複雑だが、その『伊予国風土記』には道後温泉に建っていた石碑が引用されている。その石碑には、

法興《ほうこう》六年（五九六）十月、歳丙辰《ほしへいしん》に在《あ》り。我が法王大王《ほうおうだいおう》と恵慈《えじ》の法師《ほうし》及葛城臣《またかづらきのおみ》、夷与《いよ》の村《むら》に逍遥《しょうよう》し〜

法興六年十月、丙辰。我が法王大王（聖徳太子）と恵慈法師及び葛城臣は伊予の村を見て回られて〜

と記されているとある。これだけなら、聖徳太子伝説のひとつとして片付けられるかもしれないが、法隆寺の金堂に残る釈迦三尊像の光背に記された銘文には、

法興の元《はじめ》より卅一年、歳《ほししんし》辛巳に次《やど》る。十二月、鬼前太后崩ず。明《あく》るつ年の正月廿二日、上宮法皇、病《やまひ》に枕し、悆《たのしま》ず。

法興三十一年（六二一）、辛巳。十二月に鬼前太后は崩御なされた。翌年一月二十二日、聖徳太子が病に伏して、心楽しむこともなかった。

とある。「辛巳」は干支なので、六十年で一回りする。おおよそこのあたりだと目星がつく。「鬼前太后」（聖徳太子の生母である穴穂部間人皇后《あなほべはしひと》のことだと考えられるのだが、どう読むかわからない）が亡くなって聖徳太子が病気になったとあるので、『日本書紀』の同じような記事を探すと推古二十九年（六二一）にあたる。逆算すると法興元年は崇峻《すしゅん》四年（五九一）である。どうも法隆寺周辺では「法興」という元号が使われていたらしい。『日本書紀』には記されていないので、私年号《しねんごう》と呼ばれる。ただ、この銘文を後世のものだとする説も存在し、今も議論が続いている。

「大化」に戻ろう。『日本書紀』では、「大化」が初めての元号である。『日本書紀』は正史（国家が記した歴史）と呼ばれる。ここに記されているので「最初の元号」といわれる。正史はエライのである。その「大化」は改元ではなく建元《けんげん》と呼ばれる。これより前の元号がなく、改めようがないので元を建てるという。ただ、この「大化」がどこまで通用したかは明確ではない。筆者は、以前、大阪市中央区の難波宮跡《なにわのみやあと》※9から出土した七世紀中頃の木簡に書かれた、

春草《はるくさ》の　はじめの年

という歌の一部について（残念ながらこの木簡、ここから下は折れてしまっている）、「はじめの年」が大化建元を意味するのではないかと書いたことがあるが、これも推測の域を出るものではない。また、「大化」は放生院《ほうじょういん》（京都府宇治市宇治東内）に残る「宇治橋断碑《うじばしだんぴ》」と呼ばれる石碑にも見える。全体の約三分の一しか残っていないし、江戸時代には洗濯板に使われていたというけれど、極めて貴重な碑文である。この碑文、『帝王編年記《ていおうへんねんき》』※10という室町時代に成立した歴史書に、その全文が載っている。『帝王編年記』には、

大化二年　丙午之歳《へいごのとし》　この橋を構《かま》へ立つ。

大化二年（六四六）丙午。この橋を作った。

とある。たしかに「大化」だ。しかし、この「大化」の二文字は石碑に残存している部分にはない。『帝王編年記』から復元せざるを得ない。しかも、橋を架けたときにこの石碑が作られたという確証もない。「大化」と記された木簡が発掘でもされない限り、「大化」の使用はごく一部に留まっていたとみるべきだろう。

その後、「白雉《はくち》」（六五〇～六五四）、「朱鳥《あかみとり》」（六八六）が散発的に用いられたが、いずれも継続しなかった。面白いのは「朱鳥」である。「朱鳥」はその読み方について、『日本書紀』の朱鳥元年（六八六）七月二十日条に、

改元《はじめのとしをあらた》めて朱鳥元年《あかみとりがんねん》と曰《い》ふ。朱鳥、此には阿訶美苔利《あかみとり》といふ。仍《よ》りて宮を名《なづ》けて飛鳥浄《あすかきよ》御原宮《みはらのみや》と曰ふ。

改元して朱鳥元年というこれはアカミトリと読む。そこで名付けて飛鳥浄御原宮という。

と記され、「あかみとり」であったことがわかる。「しゅちょう」ではなく「あかみとり」である。漢字の訓読みで元号を読んでいた例である。しかし、「朱鳥」も『日本書紀』では元年しか確認できない。『万葉集』や平安初期の仏教説話集である『日本霊異記《にほんりょういき》』※11には、朱鳥

七年までの使用例があるが、これは私的なものだろう。元号はなかなか定着しなかった。そうした中、徐々に日本政府が整ってゆくにつれて、「もう我々も本格的に元号を使っても大丈夫でしょう」と、朱鳥元年（六八六）以来途切れていた元号をあらたに建てたのが「大宝」である。大宝元年は七〇一年にあたる。

「元号を使っても大丈夫でしょう」には説明が必要だ。そもそも元号は中国の文化である。中国を中心とする漢字文化圏の国々は、基本的に中国の属国の扱いだった。五世紀に倭王・武《ぶ》（雄略《ゆうりゃく》天皇※12とする説が有力）から南朝の宋※13の第八代皇帝・順帝《じゅんてい》（在位四七七〜四七九）への手紙※14（上表文という）には、当然ではあるが、元号は使われていない。お隣の韓半島では、新羅《しらぎ》が独自の元号を使っていた六四八年、新羅の遣唐使が中国の皇帝（太宗《たいそう》）から元号使用をたしなめられたことが、韓半島の歴史書である『三国史記』※15に記されている。中国の皇帝を怒らせることは国家の危機を招くことであった。元号使用は政治そのものであるといってもよい。

大宝二年（七〇二）の遣唐使は、「倭国」を「日本」と改称することを唐に認めてもらうためであったともいわれる。「日本」の自立の証しでもあった「大宝」はまたたく間に全国に広まった。大宝元年、大宝二年と記された木簡も出土している。これは七〇一年に完成した『大宝律令《たいほうりつりょう》』※16という法律の本格的な普及を意味している。文書政治の開始であり、中央集権国家の成立である。やはり元号は政治である。

そして、「大宝」以来「令和」まで元号は使われ続けている。一度元号の味を知ると、もう干支には戻れない。奈良時代の法律である『令《りょう》』※17には、

凡《およ》そ公文《くうもん》に年記《とししる》すべくは、皆年号《ねんごう》を用ゐよ。

すべて公文書に年を記す場合は、皆元号を用いなさい。

とあり、『令』の注釈書である『令集解《りょうのしゅうげ》』※18に引用される『古記《こき》』※19には、

「年号を用ゐよ」は大宝と記して辛丑《しんちゅう》と注せざるの類を謂《い》ふ。

「年号を用いなさい」とは、「大宝」とのみ記して、「辛丑」と付加しないたぐいのことである。

と、干支使用を事実上禁止している。極めて合理的である。ところが、新しい問題も起きる。

たとえば、七四九年は、

元日〜四月十三日　＝天平二十一年
四月十四日〜七月一日＝天平感宝《てんぴょうかんぽう》元年
七月二日〜大晦日　＝天平勝宝《てんぴょうしょうほう》元年

と、一年に三種類の元号が存在する。陸奥国《みちのくのくに》から黄金が出たといって「天平」を「天平感宝」に改元し、さらに孝謙《こうけん》※20天皇の即位によって「天平勝宝」に改元した。しかも四文字。こうなると干支の方がまだましである。

さらにいえば、先に登場した「白雉」は、今の山口県で白い雉が発見されての改元であり（中国文学にも典拠はあるにはあるが）、和同開珎《わどうかいちん》※21で有名な「和銅」は、今の埼玉県から純度の高い銅が見つかったことによる改元である。さらに「天平」は、『続日本紀《しょくにほんぎ》』※22の神亀六年（七二九）六月二十日の条に、

左京職《さきょうしき》、亀を献る。長さ五寸三分。闊《ひろ》さ四寸五分。その背に文有りて云はく、「天王貴《てんおうき》平知百年《へいちはくねん》」といふ。

左京を管轄するお役所が亀を献呈してきた。長さは十五〜六センチ、幅は十二〜三セン

チ。その背中には「天皇は尊く、その平らかな治世は百年続くだろう。」とある。

と記される事件?を発端とする。亀を捕獲した人は賀茂《かもの》子虫《こむし》※23さん。河内国古市郡の人というから、大阪府羽曳野市の住人である。ご褒美はもらうわ、官位はもらうわ、羨ましい限りである。それにしてもすごい亀もいたものだ。

勿論、典拠を持つ元号もたくさんある。たとえば初の年号である「大化」は、『日本書紀』に記されていないものの、中国古代の歴史書・『書経《しょきょう》』※24の

　予《よ》、大いに我が友邦の君を化誘《かゆう》す。

　私は大いに我が友好国の君主を教え導くのだ。

が、その典拠だろうといわれている（他にも候補はある）。書き下しにすると「大」と「化」は離れて見えるが、原文では「予大化誘我友邦君」と隣同士である。その一方で、離れているものもある。「昭和」の典拠も『書経』だが、

百姓《ひゃくせい》昭明にして、万邦《ばんぽう》協和す。

国民全ての身分を明らかにして、全ての国を協調させた。

と、少し離れたところからとっている。ついでにいえば、この句は「明和《めいわ》」（一七六四～一七七二）の典拠ともなっている。元号の二文字は並んでいる必要はない。「令和」も「初春令月気淑風和」と隣り合っていない。離れた二文字に違和感を覚えた方もあったようだが、特に問題ではない。

このように始まった元号だが、一世一元が定着したのは、「明治」からである。それを伝統と呼ぶかどうかは人によるだろう。すくなくとも、奈良時代の人々にとって中国の典籍に典拠を持つか持たないか、一世一元か否かは全く問題ではなかった。

それよりも元号の持つ政治性の方が重要である。たとえば、次の一覧を見てほしい。

年号	改（建）元した日	前後の大赦
大宝	七〇一年三月二十一日～	建元後の十一月十一日
慶雲	七〇四年五月十日～	同日

和銅	七〇八年一月十一日〜	同日
霊亀	七一五年九月二日〜	同日
養老	七一七年十一月十七日〜	同日
神亀	七二四年二月四日〜	同日
天平	七二九年八月五日〜	同日
天平感宝	七四九年四月十四日〜	改元直前の四月二日
天平勝宝	七四九年七月二日〜	なし
天平宝字	七五七年八月十八日	改元前の四月四日

改（建）元と大赦《たいしゃ》は確実に関係している。大赦とは、罪人の処罰を軽くしたり、釈放したりする恩赦と呼ばれる制度の中でも、最も大規模なものである。今回の改元でも何らかの恩赦があるだろう。

右に見た改元の中で大赦と関係しないのは天平勝宝だが、天平感宝から三ヶ月も経っていないので、これはどうしようもない。恩赦が人心掌握に有効であることはいうまでもない。何しろ罪を許してもらえるのだから。為政者は改元をめでたいものだと利用しながら、政治を行って来た。どこまでいっても、元号は政治である。

そして、二十一世紀、漢字文化圏で元号を使用している国は日本だけになってしまった。ご本家中国の元号も宣統《せんとう》（一九〇九〜一九一一）を最後に廃止され、現在は西暦を使用している。お隣の韓国も西暦である。わずかに中華民国（台湾）で辛亥革命の翌年を元年とする民国紀元が使われているが、元号とは少し違う（二〇一九年は民国一〇八年）。

西暦は数字しかない。A.D.二〇一九と書く人はいないだろう。「A.D.」は「anno Domini」（主の年）の略であり、キリストの生誕を基本とする（実際のキリストの誕生年とは数年違うといわれているが）。しかし、実際には数字しかない。したがって計算しやすい。第二次世界大戦後急速に普及し、現在では、元号と西暦とをその時々で使い分けるようになった。西暦だけでも困ることはないのだろうが、全部数字で表すのはどうも情緒に欠ける。数十年に一度変更される元号の方が「おれは昭和の男だ」と比喩にも使えるし、時代の区切りも見えやすい。西暦だと百年区切りになるので、当たり前だが世紀とほぼかぶってしまう。元号にはそれもない。そして、これから六年後くらいには「いよいよ令和生まれが小学生になるんだ」という声が聞こえて来るだろう。元号は政治の産物だが、それを取り込んでしまう文化も力強い。子どもが大きくなる前に「令和」を考えてみよう。

第三節　令和

「令和」、読み方は「れいわ」、ローマ字だと「reiwa」と記すと発表があった。実は、発表をパソコンで見ていた時、音は消していたので、てっきり「りょうわ」と読むと思っていた。日本では「令」には「リョウ／レイ」、「和」には「ワ／カ／オ」と複数の音読みがあり、「リョウ」には「ワ」が対応するからである。ちょっとわかりにくい。こういうことである。

六～七世紀まで、日本でよく使われていた音は「呉音《ごおん》」と呼ばれる（「リョウ」、「ワ」は呉音[※25]）。七～八世紀に日本に新たに入って来た音は「漢音《かんおん》」と呼ばれる（漢音だと「レイ」、「カ」となる）。「呉」の時代の発音、「漢」の時代の発音という意味ではない。あくまでも日本における漢字音の呼称である。この二種類の音読みの他に、さらに鎌倉時代に入ってきた「唐音《とうおん》」と呼ばれる音もある（唐音だと「和」は「オ」、「和尚さん」の「お」である）。他にもまだあるのだけれど、ともかく、現在この三種の音がメインである。唐音のない漢字も多いが、何例か記す。

文字	呉音	漢音	唐音
明	ミョウ	メイ	ミン

行	ギョウ	コウ	アン
和	ワ	カ	オ
令	リョウ	レイ	
上	ジョウ	ショウ	
人	ニン	ジン	
間	ケン	カン	
大	ダイ	タイ	
正	ショウ	セイ	

呉音、漢音にはお馴染みの音読みが多いが、唐音はわかりにくい。「明」を「ミン」と読むのは「活字の明朝体《みんちょうたい》」、「行」の「アン」には「行脚《あんぎゃ》」や「行燈《あんどん》」といった例がある。そして、基本的には二文字の単語なら、呉音+呉音、漢音+漢音となる。しかし、長い間の慣習で「上人《ショウニン》（漢音+呉音）」、「行間《ぎょうかん》（呉音+漢音）」のように混じっているものもある。これに訓読みも参戦するので話はますます複雑になる。「村田竜平君」は「リョウヘイ」（呉音+漢音）か「リュウヘイ」（漢音+漢音）か、どっちだ?と思ったら「タッペイ」（訓読みの「たつ」+漢音）だったということも起こる。

さて、「令和」は「漢音＋呉音」である。おかしいといえばおかしい。ただ、「令」を「リョウ」と読むのは、「律令」くらいしか思いつかない。「令」は常用漢字[※26]であるが、常用漢字表に記されている音読みは「レイ」しかない。考えてみれば、「大正」だって「漢音＋呉音」である。常用漢字表の変更を伴うようなネーミングとなれば、それはそれで大変である。読みやすさを考えれば、「令和」は「reiwa」でよいのだろう。

その「令和」、冒頭に記したように『万葉集』を【典拠】としたと官邸からの発表にある。前にも記したように、それを間違いということは難しい。でも、やはり気になる。本気で考えてみたい。

※1　笠郎女――生没年不明。『万葉集』に家持への贈歌ばかり二九首が残る。
※2　大伴家持――七一八？～七八五。父は大伴旅人。『万葉集』の最終編纂者と思しい。『万葉集』に四七三首を残す。
※3　神武天皇――初代天皇。伝承上の天皇。
※4　国立公文書館デジタルアーカイブ――国立公文書館が運営するサイト。
※5　『皇室典範』――一八八九年制定。第二次世界大戦後の『皇室典範』もあるが、ここは明治時代に制定された皇室典範。当時は大日本帝国憲法と同格であった。

※6　『漢書』――前漢（B.C.二〇二～A.D.八）についての歴史書。班固《はんこ》の撰。五八～七五に成立。

※7　五行思想――古代中国で生まれた、自然に対する考え方。「木→火→土→金→水→木～」の繰り返しを基本として、この五つの要素から自然界は成立しているとする。たとえば、季節であれば「春（木）→夏（火）→土用（土）→秋（金）→冬（水）」、色であれば、「青（木）→赤（火）→黄（土）→白（金）→黒（水）」と対応する。青春時代の「青春」は「春」と「青」が五行思想では最初に位置しており、若々しさを表すからであり、春が青いわけではない。また、北原白秋《きたはらはくしゅう》の「白秋」も「白」は「秋」に対応するからである。

※8　『釈日本紀』――鎌倉時代末期の成立。卜部兼方《うらべかねかた》編著。『日本書紀』の注釈書。

※9　難波宮跡――大阪府中央区法円坂付近。大阪歴史博物館のすぐそば。前期難波宮は第三十六代・孝徳《こうとく》天皇代の宮跡。重層している後期難波宮跡は、第四十五代・聖武《しょうむ》天皇の離宮跡と目されている。この木簡は前期難波宮の層から出土した。

※10　『帝王編年記』――一三六四～一三八〇頃成立。僧・永祐《えいゆう》の撰と伝えられる。神代からの歴史書。

※11　『日本霊異記』――平安初期の仏教説話集。薬師寺の僧・景戒《けいかい》の編。

※12　雄略天皇――生没年不明。第二十一代天皇。実在が疑われない最初の大王。

※13　南朝の宋――中国の王朝。四二〇～四七九。

※14　倭王・武からの手紙――中国の南朝の宋についての歴史書『宋書』に載る。一般に「宋書倭国伝」と呼ばれる。

※15　『三国史記』――新羅《しらぎ》・高句麗《こうくり》・百済《くだら》、三国についての最古の歴史書。一一四五年成立。

この記事は『新羅本紀《しらぎほんぎ》　第五　第二十八代・真徳王《しんとくおう》』の条に載る。

※16 『大宝律令』——七〇一年に成立した日本の法律。忍壁親王《おさかべのみこ》、藤原不比等《ふじわらふひと》らが編纂した。その後、改修され養老二年（七一八）に『養老律令』となる。

※17 『令』——「律令」のうち『律』は現在の刑法にあたり、『令』はそれ以外の法律。

※18 『令集解』——八五九〜八七七に成立した、『養老令』の注釈書。

※19 『古記』——『令集解』に引用されている『大宝令』の注釈書。七三八年頃の成立といわれる。

※20 孝謙天皇——七一八〜七七〇。第四十六代天皇。淳仁《じゅんにん》天皇に譲位するが、後に再び即位する（称徳《しょうとく》天皇）。

※21 和同開珎——「わどうかいほう」とも。和銅元年（七〇八）に鋳造された貨幣。日本で最初の流通貨幣といわれる。ただし、天武十二年（六八三）頃に「富本銭《ふほんせん》」と呼ばれる貨幣が鋳造されていたことが判明しているので、「日本最古の貨幣」ではない。

※22 『続日本紀』——『日本書紀』に続く、二番目の勅撰の歴史書。七九七年成立。

※23 賀茂子虫——ここにのみ登場する。

※24 『書経』——孔子《こうし》の編纂と伝わる中国古代の歴史書。『尚書《しょうしょ》』とも呼ばれる。

※25 呉音、漢音、唐音については『角川　新字源　改訂新版』（角川書店　二〇一七）の解説が、簡にして要を得ている。

※26 常用漢字——日本政府が決める一般社会生活における漢字使用の目安。常用漢字表という一覧表がある。二〇一九年四月一日現在、全二一三六字。

第三章　「梅花歌の序」まで

第一節　『万葉集』

『万葉集』は、写本の形で現在まで残っている日本最古の歌集である。奈良時代に完成した現物が残っているわけではない。また、『万葉集』の中には、「この歌は『柿本人麻呂《かきのもとのひとまろ》歌集』※1に出ている」といった注記を持つ歌があるので、『万葉集』を作る時に、元となる歌集が存在していたことは間違いない。となると「日本最古の歌集」でもない。歯切れはよくないがそういうことである。

成立は、奈良時代・八世紀の中葉〜後半と考えられている。最終編者は、本書の主人公としてこれから登場する大伴旅人《おおとものたびと》のご子息である大伴家持《おおとものやかもち》といわれている。総歌数は約四五〇〇、うちほぼ半分が恋の歌である。地球規模で見ても、八世紀の恋歌がこれほど文字として残っている言語はほとんどない。

ひらがなやカタカナがまだ発明されていなかったので（後のカタカナに相当するものはわずかだが存在していた）、歌を文字化するためには、漢字を使うより他に方法はなかった。画数が多くて大変だが、他に手段がないのだからしかたないし、特段不便にも感じていなかっただろう。インターネットがなかった頃に「ネット環境がないと生きていけない」と嘆く人はいなかったし、「インターネットがあればなぁ」と不満を漏らす人もいなかった。いや、漏らしようもない。ウタは漢字で記すのが当然の時代だった。

たとえば、第二章第一節に引用した「寝よとの鐘は　打つなれど」の原文は、

皆人乎《みなひとを》　宿与殿金者《ねよとのかねは》　打礼杼《うつなれど》　君乎之念者《きみをしおもへば》　寐不勝鴨《いねかてぬかも》

である。「宿与殿金《ねよとのかね》」の「殿」には違和感がある。「殿《との》」に寝室があるからか。「鐘《かね》」は「金」と記されている。最後の「鴨《かも》」も鳥ではなく、いわゆる詠嘆の「かも」である。初めて見ると「ふざけているのか？」とさえ感じる。『万葉集』を見渡すと「嘆鶴鴨《なげきつるかも》」と記した歌も六例ある。もう少し見てみよう。「さくら」は『万葉集』全体で四十三例あり、その表記は、

1　桜　　十五例
2　佐久良　五例

3　左久良　一例
4　作楽　一例
5　佐案　一例

となる。1の「桜」は問題ない。「桜」を「さくら」と読む。一般に訓読みと呼ばれる。2と3は漢字の意味を無視して漢字の音読みの羅列で記される。3に「ひだり」、「ひさしい」、「よい」の意味はない。このタイプは万葉仮名と呼ばれる。『万葉集』の歌全てが万葉仮名で書かれているわけではない。さきほどの「寝よとの鐘」の歌でいえば、「君乎之」などは万葉仮名である。4の「作楽」は「作」の音読み「さく」と「楽」の音読み「らく」の「ら」の部分だけを使った書き方。これも漢字の音読みを利用している。5は「佐《さ》」は問題ないとして、「案」を「くら」と読むのは難しい。これは「くら」という日本語がもともと周りより高くしてものを載せておく場所だったことに由来する。「案」の字は、現代語では「答案」の「案」だが、第一義としては「つくえ」である。にわかには信じがたいかも知れないが、勉強するあの「つくえ」である。だから部首は「木」である。「桉」と書く時もある。「つくえ」は周りより少し高いので「案」を「くら」と読む。結果、「佐案」で「さくら」。ほとんど判じ物の世界である。この「佐案」の読みにくさは一文字目が音読み、二文字目が訓読みで、しかも現代語で「案」を「くら」と読むのが困難な点にある。このように万葉歌は漢字の音読みと訓読みとが絡み合って成立している。他にも、「餓鬼《がき》」のように、中国語の音も意味もそのまま利用した例もある。まとめておく。万葉歌に用いられている漢字は、

A　漢字の音も意味も使う↓餓鬼《がき》、法師《ほふし》などの外来語。

B　漢字の音は使うけれども意味は使わない↓左久良《さくら》、那泥之古《なでしこ》(撫子)など↓万葉仮名。

C　漢字の音は使わず訓読みする↓桜《さくら》、春《はる》、山《やま》など。

D　漢字の音は使わず訓読みするけれど、訓読みの意味は使わない↓「佐案《さくら》」の「案《くら》」など。

の四種類に大きく分類することができる。実際には多少例外もあるのだけれど、この四種類が基本である。

たとえば、山上憶良《やまのうえのおくら》の有名な、

銀《しろかね》も　金《くがね》も玉も　なにせむに　優れる宝　子に及《し》かめやも（5・八〇三）

銀も金も宝石もどうして優れた宝といえるだろう。子どもにまさることなんてない。

の原文は、

銀《しろかね》母《も》　金《くがね》母《も》玉《たま》母《も》　奈《な》尓《に》世《せ》武《む》尓《に》　麻《ま》佐《さ》礼《れ》留《る》多《た》可《か》良《ら》　古《こ》尓《に》斯《し》迦《か》米《め》夜《や》母《も》

である。これをA~Dに当てはめてみると、

銀《C》母《B》　金《C》母《B》玉《C》母《B》　奈《B》尓《B》世《B》武《B》尓《B》　麻《B》佐《B》礼《B》留《B》多《B》可《B》良《B》　古《B》尓《B》斯《B》迦《B》米《B》夜《B》母《B》

となる。前に登場した「春過ぎて~」の歌の原文を同じように当てはめてみると、

春《C》過《C》而《C》　夏《C》来《C》良《B》之《B》　白《C》妙《C》能《B》　衣《C》乾《C》有《C》　天《C》之《C》香《C》来《C》山《C》

である。奈良時代の日本語表記はこれが当たり前だった。柿本人麻呂の歌として『小倉百人一首』に載る「あしひきの~」の歌は次の通り。

足《あし》日《ひ》木《き》乃《の》　山鳥《やまどり》之《の》尾《を》乃《の》　四垂《しだり》尾《を》乃《の》　長《なが》永《ながし》夜《よ》乎《を》　一《ひとり》鴨《かも》将宿《ねむ》

あしひきの　山鳥の尾の　しだり尾の　長々し夜を　一人かも寝む（11・二八〇二或本歌）

（あしひきの）山鳥の尾、その垂れ下がった尾のように長い夜を一人きりで寝なければならないのか。

ここも「かも」を「鴨」と書いてある。「一」で「ひとり」はわからないでもないが、現在の感覚からいえば「一人」だろう。そしてこの歌、『万葉集』では人麻呂の作ではない。先に触れた『柿本人麻呂歌集』から『万葉集』に採録された歌の左に「或る本にはこう書いてある」という注の形で掲載されている。もしかすると人麻呂とは全く無関係の歌かもしれない。

ちなみに『小倉百人一首』に載っている万葉歌人は、天智《てんち》天皇※2、持統天皇、柿本人麻呂、山辺赤人《やまべのあかひと》※3、大伴家持の五人だが、今書いたように人麻呂の歌は人麻呂作とは思えない。大伴家持の歌は平安時代になってからできた『家持集』から採られていて、『万葉集』には載っていない。家持とは何の関係もないだろう。天智天皇の歌は、似たような歌が『万葉集』に作者を記さずに載っているだけである。結局、『万葉集』と『小倉百人一首』とで、作者も歌もほぼ一致するのは持統天皇と山辺赤人のみである。『万葉集』と『小倉百人一首』の間に横たわる六百年の歳月の長さを感じる。

話を元に戻そう。持統天皇の「春過ぎて〜」、柿本人麻呂の「あしひきの〜」、どちらも有名だけれど、漢字の羅列になると随分と趣が違う。実際、読みにくい。筆者が卒論を書いた頃、もちろん、原文だけでは読めなかった。「奈良時代の人たち、これで読めたのだろうか？」と疑問を持つ方も多いと思うが、他に方法がなかった。

ただし、気をつけなければならないのは、当時の識字層の問題である。漢字を読み書きできた人々は貴族層とその周辺に限られていた。漢字を使って文学的な漢文（中国語文）を書ける人はさらに少なかった。現代でも小説を書ける日本人は少ない。それでも、律令官人たちは、仕事柄、漢文を書く訓練を受けていた。文書行政は、書いて保存することが基本である。その記録を書き換えるなどということは普通考えない。そうした彼らにとって漢文を書くのは仕事でも、日本語文を書くとなると話は違う。ためしに、ひらがなやカタカナを使わず、漢字だけで日本語の文章を書いてみてほしい。「蛙乃歌我聞得手来四、下呂下呂下呂下呂桑桑鍬」。これは大変だ。漢文を書くことと日本語文を書くこととは別物である。

それでも、日本語文を書くことのできた一握りの人々は、我々に四五〇〇首をプレゼントしてくれた。その一人が、大伴旅人である。

第二節　大伴旅人

大伴氏は、古代の名門貴族の一つである。大伴旅人（六六五～七三一）は、その大伴氏の首長（氏上《うじがみ》という）であり、時の政権の一翼を担っていた。今でいえば官房長官兼防衛大臣といったところだろう。伝承の世界でしかないが、大伴氏の祖先は初代・神武天皇の警備を担当していたと『古事記』※4や『日本書紀』に記される。実際、養老四年（七二〇）に九州で隼人《はやと》が反乱を起こしたとき、旅人は自ら出陣してもいる。

そんな旅人が神亀四年（七二七）頃（六十三歳頃）、大宰帥《だざいのそち》となる。九州全体を管轄するお役所・大宰府《だざいふ》の長官である。この人事は左遷ともいわれるが、内実は不明。位階《いかい》から見て通常の異動だとする研究者もあれば、政治の表舞台から遠ざけられたのだとする研究者もいる。左遷を前提に論を組むことも、単なる異動だということを前提に論を組むことも避けるべきである。とにもかくにも奥さんを連れて大宰府に下っていった。ちなみに大宰府というと菅原道真《すがわらのみちざね》※5を思い起こすが、道真が大宰府に左遷された（こちらは本当に左遷）のは延喜元年（九〇一）なので、旅人の筑紫赴任よりも一七〇年余り後のことである。

さて、女性が旅をすることなど皆無に近かった当時、奥さんにとって平城京から大宰府までの道程はどれほど遠かったことだろう。『延喜式《えんぎしき》』※6という平安時代にできた法律の施行細則がある。出張に必要な日数も記されている。これによれば、平安京から大宰府までは二週間。新幹線と西鉄を乗り継いで行くのとはわけが違う。長旅の影響があったのだろうか、旅人の奥さんは神亀五年（七二八）、大宰府で亡くなってしまう。旅人の手になる妻への挽歌は胸を打つ。旅人の残した歌々については附章に記したので是非読んでみてほしい。

翌神亀六年（七二九）二月、都では長屋王《ながやおう》の変※7が起きる。総理大臣（長屋王）が天皇（聖武天皇）の暗殺計画を立てていると密告され、長屋王は自ら命を絶った。長屋王内閣の一員だった旅人のところにも報は届いただろうが、その時の様子を知る手がかりはない。なお、この長屋王の変、九年後には冤罪であったことが判明している。

さて、長屋王の「自尽《じじん》」が二月十二日。「自尽」とは死刑にならない代わりに自死することであるが、実質は同じである。そして、翌十三日にはすぐに埋葬されてしまう。文字通り抹殺である。十五日には人々の集会が禁じられ、十七日には関係者の処罰があった。ところが、ここから風向きは変わる。十八日には変とは無関係と判断された長屋王の親族が釈放される。二十一日には都の罪人に恩赦がある。長屋王を密告した人々には褒美があり、長屋王の親族の経済的基盤が保証される。

月が変わり、三月三日には宴会が開かれ、四日には多くの人々の位が上がる。一方、四月には人心を惑わすような幻術やまじないをする者が罰せられる。これらの記事は、長屋王事件後の世情コントロールだろう。そうした中、六月二十日に例の亀が発見され、八月に改元される。わかりやすいといえばわかりやすい。改元が政治であり、人心把握の一つの方法だったことがわかる。繰り返すが、改元は政治である。

そして、翌天平二年（七三〇）正月十三日（二月八日）、旅人は部下を集めて梅花の宴を催す。ようやくここまでたどりついた。これが「令和」の【典拠】となった「梅花宴《ばいかのえん》」である。

第三節　梅花宴

梅花の歌三十二首并せて序

天平二年正月十三日に、帥老《そちろう》の宅《いへ》に萃《あつ》まりて、宴会《えんかい》を申《の》ぶ。

時《とき》に、初春《しょしゅん》の令月にして、気淑《きよ》く風和《かぜやはら》ぐ。梅《ばい》は鏡前《きょうぜん》の粉《ふん》を披《ひら》き、蘭《らん》は珮後《はいご》の香《こう》を薫《かを》らす。

加以《しかのみにあらず》、曙《あさけ》の嶺《みね》に雲移《くもうつ》り、松《まつ》は羅《うすもの》を掛《か》けて蓋《きぬがさ》を傾《かたぶ》け、夕《ゆふへ》の岫《くき》に霧結《きりむす》び、鳥《とり》は縠《こめのきぬ》に封《と》ぢられて林《はやし》に迷《まと》ふ。庭《には》に新蝶《しんちょう》舞《ま》ひ、空《そら》に故雁《こがん》帰《かへ》る。ここに天《あめ》を蓋《きぬがさ》にし地《つち》を坐《しきゐ》にし、膝《ひざ》を促《ちかづ》け觴《さかづき》を飛《と》ばす。一室《いっしつ》の裏《うち》に忘言《ぼうげん》し、煙霞《えんか》の外《ほか》に開衿《かいきん》す。淡然《たんぜん》として自《みづか》ら放《ゆる》し、快然《かいぜん》として自《みづか》ら足《た》りぬ。もし翰苑《かんえん》にあらずは、何《なに》を以《もち》てか情《こころ》を攄《の》べむ。詩《し》は落梅《らくばい》の篇《へん》を紀《しる》す。古《いにしへ》と今《いま》と夫《そ》れ何《なに》か異《こと》ならむ。園梅《えんばい》を賦《ふ》して、聊《いささ》かに短詠《たんえい》を成《な》すべし。

「えっ、和歌じゃないの?」と思われた方もあろう。歌ではない。歌はこの文章の後に三十二首続くが、「令和」とは関係しない。「令和」と関係するのは、三十二首の歌に付された「序」である。「并せて序」と書かれている「序」(以下、「梅花歌《ばいかのうた》の序《じょ》」と記す)である。

「梅花歌の序」は誰が書いたのか。[※8] 大きく大伴旅人説と山上憶良説にわかれる。山上憶良(六六〇~七三三?)は、当時、筑前国の国守[※9]として大宰府にいた。憶良は大宝二年(七〇二)の遣唐使で唐に渡っているが、旅人とは違ってエリートではない。苦労してようやく筑前国守の地位を摑んだといってもよい。その憶良のいる大宰府に旅人が赴任したのである。憶良からすれば、年下のキャリア組の上司としてやって来たことになる。旅人と憶良とは大宰府で出会い（それより以前から顔見知りではあったろうが）、数多くの歌を残した。『万葉集』の巻五《まきご》は、この二人の歌を中心に編まれている。

ここで、旅人説・憶良説、双方の主張を聞いてみよう。旅人説の根拠は、後にも述べるようにこれは旅人が都にいる友人・吉田宜《きちだのよろし》という人物に送った手紙の一部だという点にある。また、旅人以外の人が書いたのであれば、宴会の主催者である旅人への讃辞が入るはずだともいう。

一方、憶良説を唱える人は、「梅花歌の序」の最初のあたりにある「帥老」というのは「大宰帥様」といった敬称なので、旅人が自分で書くわけはなく、遣唐使まで経験し、漢文にも明るい憶良が書いたのだろうという。いやいや、「帥老」は自称として使っても不自然ではないという旅人説からの反論もある。

どちらもそれらしいが、手紙をもらった吉田宜の立場からすれば、旅人からの手紙である以上、旅人が書いたものとして受け取ったことだろう。友人から来た手紙を「これってもしかしたら、別の奴が書いたんじゃないか？」と疑ってかかる人はいない。「旅人さん、自分で大宰帥様だってさ、笑っちゃうね」といったあたりなのではないか。大坂城を建てたのは秀吉だけれど、実際は大工さんだというように、タイムマシンで見に行けば、書いたのは書記官だったと判明するかもしれない。あるいは元原稿は憶良がしたためたとわかるかも知れない。そうであっても、吉田宜は旅人からの手紙として理解したことであろう。だからこそ、宜は旅人へお返事を書いたのである（こちらも『万葉集』に載っている）。「梅花歌の序」をはじめとする文学作品は大伴旅人と吉田宜との間で交わされた文学的交響曲である。

その吉田宜は、渡来系のお医者さんである。以下、『続日本紀』をもとに宜の人生を追ってみる。もともと恵俊《えしゅん》という名の僧侶であったが、文武四年（七〇〇）、詔勅により還俗《げんぞく》（僧籍を離れて普通の人になること）。医者としての働きを求められてのことだろう。この時に姓「吉」、名「宜」を授かる。「吉」はおそらく渡来前の姓。和銅七年（七一四）には従五位下となる。五位は高級貴族の仲間入りを意味する。そして、神亀元年（七二四）には「吉田の連」を授けられ「吉田連宜《きちだのむらじよろし》」となった。「吉」を「吉田」に変え日本風の氏名とした。「連」は家柄をあらわす姓《かばね》の一種である。日本国籍を取得したようなものか。そして、天平二年（七三〇）には優れた医術を絶やさぬよう、老いた宜に弟子を取らせたという記述も残る。七三〇年といえば、この手紙をやり取りした年である。旅人との年齢の上下はよくわからないが、この年には老年に達していたのだから、そうは違わないだろう。現存する最古の漢詩集『懐風藻《かいふうそう》』※10にも詩を残し、七十歳で亡くなったという。旅人とどこで知り合ったかは不明だが、同年代の友人だった。これは「梅花歌の序」を読むときに欠かすことのできない重要な視点である。

さて、せっかく三十二首もあるのだから、何首か触れておきたい。旅人の歌は、

和何則能尓《わがそのに》　宇米能波奈知流《うめのはなちる》　比佐可多能《ひさかたの》　阿米欲里由吉能《あめよりゆきの》　那何列久流加母《ながれくるかも》

我が園に　梅の花散る　ひさかたの　天より雪の　流れ来るかも（5・八二二）

私の家の園に梅の花が散る。（ひさかたの）天から雪が流れ来るようだ。

である。本書の主人公の歌なので原文も記した。この旅人の歌は白梅を歌っているが、そもそも『万葉集』の梅に紅梅はない。『万葉集』には梅の花の登場する歌が一一九首あるが、紅梅はない。ここも雪と見まがうばかりの梅の花が歌われている。眼前に散る梅の花を見て、ふと見上げると天から雪のように梅の花びらが流れて来ている。視界の変化が楽しめる。名歌として知られている。

また、憶良の歌は、

春されば　まづ咲くやどの　梅の花　ひとり見つつや　春日《はるひ》暮らさむ（5・八一八）

春になるといの一番に咲く家の梅の花を一人で見ながらこうやって春の日が暮れるまで過ごさねばならぬのか。

である。「一人で見るというのだから、宴会には参加せず自宅から送ってきたのだ」とか、「一人で見るというのは、妻を失った旅人の気持ちになりかわって作ったのだ」とか、今も議論が続く春の愁いが漂う秀歌である。

中には凡作もある。

梅の花　咲きて散りなば　桜花　継ぎて咲くべく　なりにてあらずや（5・八二九）

梅の花が咲いて散ってしまったら、桜の花が続いて咲きそうになっているじゃありませんか。

梅が散ったら桜が咲くのはたしかにその通りなのだけれど、平凡すぎる。この歌の作者は渡来系のお医者さん、大宰帥様に命じられて無理矢理作らされたのか。だとしたら、気の毒なことである。

ともあれ、梅の花を詠んだ歌々が三十二首並ぶ。全歌に梅が読み込まれ、大宰府での文雅《ぶんが》の一齣《ひとこま》を想起させる。

では、「令和」を生み出した「梅花歌の序」は、どのような表現をもっているのか。なかなかに長い序だが、お付き合い願いたい。先に掲げた書き下しの現代語訳は以下の通り。なお、ここの現代語訳はかなり意訳してある。逐語訳《ちくごやく》は巻末に付した。

梅の花の歌三十二首序を付した

西暦七三一年二月八日に、大宰帥の宅に集まって宴会を開く。

時に、初春のよい月（令月）、気候も良くて風も穏やかだ（和）。梅は鏡台の前の白粉《おしろい》のように真っ白の花を咲かせ、帯の飾り玉からフジバカマの良い香りがする。

それだけじゃない。明け方の嶺に雲が掛かり、松には雲がうっすらと掛かって蓋《きぬがさ》を傾けているし、夕方の山の洞穴には霧が立ち込め、鳥はその霧の中の林で迷っている。

庭には羽化したばかりの蝶が舞い、空には故郷に向かう雁が飛ぶ。

ここに天空を屋根に大地を敷物にして、膝を突き合わせて盃をやり取りする。一つの部屋に皆集まれば楽しさのあまりことばさえ忘れ、美しい景色の彼方まで心を解放する。さっぱりとして気は楽だし、満ち足りている。

歌以外でどうやってこの気持ちを表そうか。詩は落梅というじゃないか。昔も今も同じこと。さぁ、この園の梅を詠んで、ちょいと短歌を作ろうではないか。

簡単にいってしまえば、「いい時分だし、皆で梅を見ながら酒を飲んで梅の歌を歌おうよ」という内容である。それだけといってしまえばそうなのだけれど、ここは細かに見て行かねばなるまい。ただし、申し訳ないけれども、次の章はそれほど面白くない。できるだけ途中で飽きが来ないようにしたつもりだけれど、やはり、多くの方が途中で眠くなると思う。眠くなったら、適当にすっ飛ばしてもらっても構わない。ただ、本書の使命として書かないわけにはいかない。

※1 『柿本人麻呂歌集』——柿本人麻呂が編纂した歌集。現存しないが、『万葉集』に「柿本朝臣人麻呂歌集に出づ」といった形式で約三六〇首（歌数は認定方法により多少上下する）

が引用される。

※2　天智天皇――六二六～六七一。第三十八代天皇。

※3　山辺赤人――生没年不明。奈良朝の宮廷歌人。七二四～七三六の間の歌を残す。『万葉集』では「山部赤人」十八例、「山部明人」一例、「山辺赤人」一例と三種類の書き方がある。

※4　『古事記』――七一二年成立。神代から第三十三代推古天皇までの出来事が記される。上・中・下の三巻からなり、上巻は神話。

※5　菅原道真――八四五～九〇三。平安時代の貴族。遣唐使を廃止した。後に大宰府に左遷され没。学問の神様として有名。

※6　『延喜式』――九〇五年に命が下り九二七年に完成した律令の施行細則。

※7　長屋王の変――天武天皇の孫・長屋王（六八四～七二九）が虚偽の密告によって殺された事件。長屋王の変を記す『続日本紀』が、七三八年の記事に「長屋王のことを誣告《むごう》（故意に嘘をついて報告すること）した」と載せており、冤罪であることが判明している。

※8　「梅花歌の序」の筆録者が誰なのかについては、神野志隆光《こうのしたかみつ》氏・坂本信幸氏編『セミナー万葉の歌人と作品　第四巻　大伴旅人・山上憶良（一）』（和泉書院　二〇〇〇）にまとめがある。

※9　筑前国――現在の福岡県北部。

※10　『懐風藻』――天平勝宝三年（七五一）に成立した現存する日本最古の漢詩集。撰者不明。

第四章 「梅花歌の序」

第一節 「梅花歌の序」の内容

「梅花歌の序」は五段落から成る。最初の段落「天平二年正月十三日に、帥老《そちらう》の宅《いへ》に萃《あつ》まりて、宴会《えんかい》を申《の》ぶ。」は、宴会の日程および会場の説明である。「萃《あつ》まりて」の「萃」は見かけない文字だが「集」と同じと思ってもらってかまわない。「宴会を申《の》ぶ」の「申」を「のぶ」と読むのは不思議な感じがする。実際、漢字の本家・中国で「宴会」を「申」するという例はなかなか見つからない。国書だと、日本政府の根幹を作り上げた藤原不比等《ふじわらのふひと》※1の長男・藤原武智麻呂《むちまろ》※2の伝記に、

習宜《すげ》の別業《べつぎょう》に集《つど》ひて、文《ふみ》の会《つどひ》を申《の》ぶ。（『藤氏家伝《とうしかでん》』下）

習宜（平城京の西部の地名）の（武智麻呂の）別荘に集まって、文芸の会を開いた。

という例があるにはある。ただ、「申」には「重ねる」の意味もあり、この例は「何度も開いた」の意かもしれない。すると「梅花歌の序」はますますわからない。日本で勝手に作ってしまった用法かも知れない。これには少し説明が必要だ。

漢字はいうまでもなく、中国で開発された文字だが、海を渡った日本でガラパゴス化する。たとえば、「偲」を『大漢和辞典』で引くと（用例は略した）、

1　つよい。
2　かしこい才能がある。
3　ひげの多いさま。
4　善を責めあふ。
5　愢に同じ。
邦　しのぶ。思慕する。

とある。邦は、日本独自の意味をあらわす「偲」の文字は、『万葉集』にも、

年の経ば　見つつ偲へと（見管偲登）　妹が言ひし　衣の縫目　見れば悲しも（12・二

九六七）
「逢うこともないままに年月が経たならこれを見て偲んでください」とあの娘《こ》が言った衣の縫い目を見ると悲しくて仕方がない。

と登場する。「偲」は日本で勝手に作ってしまった漢字である（「国字《こくじ》」と呼ばれる）。それが偶然御本家にもあった。現代でも中国の人が「偲」の文字を見たら、強さを感じるだろう。

また、「給」は「足りないものを補う／与える」意の漢字だが、日本語の「思ひ給ふ」は「思ふ」の敬語である。「～と思ひ給ひて」は「～とお思いになられて」である。高校で教わったあれである。しかし、奈良時代に、唐から来た人が「思給」という文字列を見て「思ふ」の敬語だと知ったら、仰天したであろう。中国語の漢字の「給」には敬語の意味はない。「思給」は意味を成さない。日本語では与える意を示す「たまふ」が敬語の意味も持っていたため、「給」の字を宛ててしまったのである。

もしかすると、「宴会を申ぶ」は日本でしか通じない漢字の用法だったのではないか。あれこれ書いたが、要は宴会を開く意である。酒呑みにとってはめでたいことである。筆者にとってもめでたいことである。

第二段落。冒頭の「令和」を含む部分は後回しにして、

梅《ばい》は鏡前《きょうぜん》の粉《ふん》を披《ひら》き、
蘭《らん》は珮後《はいご》の香《こう》を薫《かを》らす。

について。漢文には対句が多い。「梅花歌の序」もたくさんの対句から構成されている。どれだけ美しい対句を作り上げるか、腕の見せどころである。ここは「AはBのCをDする」が二つ並べてられている。「鏡前」と「珮後」も対になっている。対句の前半部分（以下、前句と記す）の「鏡前の粉」は白粉《おしろい》のこと。『日本古典文学大系』※3は、白梅の白さを白粉に喩える例として、

楼上《ろうじょう》の落粉《らくふん》を争《あらそ》ひ（簡文帝《かんぶんてい》※4「梅花賦《ばいかのふ》」、『芸文類聚《げいもんるいじゅう》』※5）

高い建物の上に散る白粉と色を競い

粧《よそほ》ひを払ひて粉の散るかと疑ふ。（後主《こうしゅ》※6「梅花落《ばいからく》」、『楽府詩集《がふししゅう》』※7）

粧を払って白粉が散るのかとさえ思ってしまう。

をあげるが、「漢詩の表現をまねたもので確実な出典はない」と慎重な態度を示す。白梅を白粉に喩えることは余りにも一般的だったということだろう。対句の後半部分（以下、後句と記す）の「蘭」は香草一般のことを指すとも、フジバカマを指すともいわれる。江戸時代の国学者である北村季吟《きたむらきぎん》の『万葉拾穂抄《まんようしゅうすいしょう》』※8はここの典拠を、

秋蘭《しゅうらん》を紉《つ》ぎて、以ちて珮《はい》と為《な》す。（「離騒《りそう》」、『楚辞《そじ》』※9『文選』）

フジバカマをつないで帯の飾り玉にする。

に求める。「秋蘭」はフジバカマであり、フジバカマは茎や葉を乾燥させると芳香を放つ。それを「珮（帯に付ける飾り玉）」にする。「珮後」の「後」は「鏡前」と対にしただけで特に意味はない。『万葉拾穂抄』の指摘は、的を射ているだろう。この対句、要するに美しい

白梅とよい香りの取り合わせである。
第三段落。「加以《しかのみにあらず》」は「それだけではない」の意。次の対句は長い。

曙《あさけ》の嶺《みね》に雲移《くもうつ》り、松《まつ》は羅《うすもの》を掛《か》けて蓋《きぬがさ》を傾《かたぶ》け、
夕《ゆふへ》の岫《くき》に霧結《きりむす》び、鳥《とり》は縠《こめのきぬ》に封《と》ぢられて林《はやし》に迷《まと》ふ。

前句は朝の嶺に雲がたなびき、その雲が松の枝にふわりと掛かっている様子を描いていることは間違いないのだが、雲のうすものを掛けて、松の枝が日傘のように傾いているというのは、わかるような、わからないようなことである。[※10] 今は深追いせず先に進む。後句の「岫《くき》」は現代語では失われてしまったが、山の洞穴を意味するれっきとした日本語である。夕方の山の洞穴に霧が立ちこめることについて『新日本古典文学大系』[※11]は、

窮岫《きゆうしゆう》雲を泄《もら》し、日月恒《じつげつつね》に翳《かげ》る。（左思《さし》「魏都賦《ぎとのふ》」、『文選』）

高山の頂の洞穴から雲が湧き出《い》で、月日の光もつねに覆われている。

を典拠としてあげる。そして、鳥は「こめのきぬ」のような霧に四方を囲まれて林の中を迷い飛ぶという。「こめのきぬ」は誤植ではない。絹のちりめんのことをいう。小さな辞書には載っていない。江戸時代の万葉研究の最高峰ともいわれる契沖《けいちゅう》※12の『万葉代匠記《まんようだいしょうき》　初稿《しょこう》本《ぼん》』が指摘するように「霧縠《むこく》」（宋玉《そうぎょく》※13「神女賦《しんにょのふ》」、『文選』）という漢語があって、空を舞う仙女の薄衣を表す。霧のような絹ちりめんである。この対句の後句は、『日本古典文学全集』が指摘するように「霧縠」を「霧」と「縠」とにばらして作られている。

次は短い。

庭《には》に新蝶《しんちょう》舞《ま》ひ、
空《そら》に故雁《こがん》帰《かへ》る。

「新蝶」は春になって羽化したばかりの蝶。二月八日に蝶が飛ぶのかというツッコミは許してほしい。それをいい始めると、大宰府近辺の山に岫があるのかなんてお話になる。書きながら強引だなと思うが、新年だから蝶も新しい……強引でもないか。万葉研究の泰斗《たいと》・澤《おも》潟久孝《だかひさたか》氏の『万葉集注釈』※15は、ここの典拠を、

新燕《しんえん》、始めて新たに帰り、新蝶、復《ま》た新たに飛ぶ。（鮑泉《ほうせん》※16「湘東王《しょうとうおう》の春日《しゅんじつ》に和す」、『玉台新詠《ぎょくだいしんえい》』※17）

新しい燕は新たに帰り始めて、新しい蝶はまた新たに飛ぶ。

に求める。春になると燕も新しい、何でも新しい。一方、「故雁」は死んでしまった雁ではない。「故」は「新」の対になっているだけであり、昨年、日本に飛んできた雁が北に帰って行くことを表している。

第四段落。ここも対句が続く。

ここに天《あめ》を蓋《きぬがさ》にし地《つち》を坐《しきゐ》にし、
膝《ひざ》を促《ちかづ》け觴《さかづき》を飛《と》ばす。

天を大きな笠にして大地を敷物にして、膝近づけて一杯やる。花見である。この部分の典拠について、『万葉拾穂抄』は、俗世間から離脱した有名な「竹林《ちくりん》の七賢《しちけん》」※18の一人劉伶《りゅうれい》※19の、

天を幕とし、地を席とし、意《こころ》の如《ゆ》く所を縦《ほしきまま》にす。（劉伶《りゅうれい》「酒徳頌《しゅとくしょう》」※20、『文選』）

空を天井にして、地を敷物にして、心の思うままにする。

をあげ、契沖の『万葉代匠記　精撰本』は、

天を以て蓋《がい》と為し、地を以て輿《よ》と為す。（『淮南子《えなんじ》』※21）

空を車のルーフとして、地を車の床とする。

をあげる。『万葉代匠記　初稿本』は後句の「觴を飛ばす」についても、後に詳しく述べることになる「帰田賦」の作者・張衡《ちょうこう》の手になる「西京賦《せいけいのふ》」（『文選』）に見える「羽觴《うしょう》」を指摘する。「羽觴」とは鳥の形をした盃のことであり、このため、「觴を飛ばす」という表現が成立する。さらに澤瀉久孝氏の『万葉集注釈　巻第五』は、

膝を促《ちかづ》け狭きに坐り、坏觴《はいしょう》を咫尺《しせき》に交《か》はす。（『抱朴子《ほうぼくし》　外篇《がいへん》』※22）

膝がくっつくほどの狭いところに座り、盃を目と鼻の先で交わす。

を典拠とする。いってしまえば、庭にシートを敷いて膝を近づけてお酒を飲むことである。

少し疲れてきた。ただ、たくさん典拠があって、その典拠を少しずつ変えながら文章を拵《こしら》えていることがわかってもらえれば、充分である。さぁ、もう少し。

次も対句。

一室《いっしつ》の裏《うち》に忘言《ぼうげん》し、
煙霞《えんか》の外《ほか》に開衿《かいきん》す。

この対句について、『万葉拾穂抄』は、

王羲之《おうぎ》蘭亭記《しらんていき》曰《いはく》、悟言一室之内。此語勢《このごせい》を用ゆ。すへて此序《じょ》、此記《き》を移せり。

王羲之の「蘭亭記」に「一室の内に悟言《ごげん》し」とある。この語調を用いている。「梅花歌の序」はすべて、この「蘭亭記」を利用して書いたものである。

と「蘭亭記」(「蘭亭序」と同じ)を典拠に掲げる。この部分だけではなく、「梅花歌の序」全体が「蘭亭序」を基にしているという。この点、後に詳述する。

さて、『万葉拾穂抄』が指摘したように、「蘭亭序」の「一室の内に悟言し」は、明らかに「梅花歌の序」の「一室《いっしつ》の裏《うち》に忘言《ぼうげん》し」と相通う。意味も「同じ部屋にいれば心はひとつになる」と同じである。この点も後に「蘭亭序」のところで述べることにしよう。

後句は「胸襟《きょうきん》を開く」ということばがあるように、霞の向こうまで思いきり衿《えり》を開いて、心を打ち明けてしまうことである。表現としてはわかるけれども、現代の我々からすると、大袈裟《おおげさ》すぎて、「どんなでかい衿の服なんだ」といいたくもなる。ちなみに「えり」ということばは奈良時代にはまだなく、「ころものくび」だったと考えられている。「衣の首を霞の向こうに開く」だとますます何のことかわからない。ともあれ、皆で同じ部屋にいて、特段話さなくても心が通じあっているというのは、感覚としてよくわかるし、それがある種の理想であることも充分に理解できる。

いよいよ最後の対句。

淡然《たんぜん》として自《みづか》ら放《ゆる》し、
快然《かいぜん》として自《みづか》ら足《た》りぬ。

「淡然」はこだわりのないこと。日本語の「こだわる」は本来、悪い意味にしか使わないことばだった。「お米にこだわる和食屋さん」といえば、ご飯を盛るときに米粒の数を数えるような店主を想像させた。ご飯が冷えてしまう。つまり、前句は、余計なこだわりを捨てて、自分の気持ちを楽にすることである。後句は、すかっと自分に満足しておおらかにすることである。そんな気持ちになることができたらどれほどいいだろう。気持ちを休めようと本を読んでも、続きが気になる。温泉に行ってゆっくりするはずなのに、ついつい電話が来ていないかどうかスマホをチェックしてしまう。「快然として自ら足りぬ」にはほど遠い。

この「快然として自ら足りぬ」にも典拠がある。これからお付き合いすることになる「蘭亭序」に「快然として自ら足りぬ」とある。いや、典拠どころではない。全くの同一句である。すわ盗作か！この点についても後に触れることになる。

さぁ、もう少し。最後の段落である。もう対句ではない。

もし翰苑《かんえん》にあらずは、何《なに》を以《もち》てか情《こころ》を攄《の》べむ。

「翰苑」の「翰」は文書や文学のこと。「翰苑」は文壇というほどの意であるが、ここでは詩歌の意に使われている。詩歌以外でどうやって心を表現できるのか！という宣言である。この表現は慣用句にもなっていて、『日本古典文学大系』は、駱賓王《らくひんのう》※23の文を引く。

佳什《かじゅう》にあらずは、何《なに》を以《もち》てか情《こころ》を攄《の》べむ。（駱賓王「秋日群公《しゅうじつぐんこう》と宴《うたげ》する序」、『文苑英華』※24）

よい詩歌でなければ、何をもって心を表すというのか。

ほぼ同じである。また、『万葉集』巻十九には、大伴旅人《おおとものたびと》のご子息・大伴家持《おおとものやかもち》の、

春日遅々《ちち》として鶬鶊《うぐひす》正《まさ》に啼《な》く。悽惆《せいちゅう》の意、歌に非《あら》ずしては撥《はら》ひ難《がた》きのみ。仍《よ》りてこの歌を作り、式《もち》て締緒《ていしょ》を展《の》ぶ。（19・四二九二左注）

春の日はうららかに照っていて、うぐいすは今もう鳴いている。この辛い気持ちは歌以

外で紛らわすことはできない。そこでこの歌を作って、この鬱々とした気持ちをはらす。

という文が残っている。「そんなさぁ、歌じゃないと気持ちを表せないなんて、何を言っているんだか」と鼻で笑ったあなた、もう少しつきあってください。

文字を持たない言語は、文字を持っている言語よりもはるかに多い。種類で数えれば、文字を持つ言語は持たない言語の数十分の一しかない。文字は言語にとって、必要なものではない。だから、教育という枠組みを作り上げて、無理に教え込まないと、読み書きができるようにならない。読み書きができないと社会参加が難しくなる。政府としても管理が困難になる。「この書類をよく読んで申請書を書いてください」が通じない。支配しにくい。だから、一生懸命読み書きを覚えさせるシステムを作り上げる。言語にとって文字は本来不要である。社会の複雑性が文字を要請する。

つまり、言語の本質は声であり、音である。人間は小さいときに言語のシャワーを浴びることによって、誰に教わるわけでもなく言語を習得してしまう。文字とは大違いである。言語習得は子どもにとって勉強や学習というより、発見に近い。「ママと発音すれば、あの女性はニコニコしてこっちに来てくれる。」、「おしっこといえば、多少の無理は通る。」、「とりあえず、痛いといえば、さすってもらえる」、こいつは便利だ。話はさらにそれるが、「ことばのわからない赤ちゃんに話しかけても仕方ない」という話を聞いたことがある。とんでもない。「ことばがわからないから話しかける」のである。赤ちゃんは敏感である。「お前に話しかけているんだ」を感じ取る。赤ちゃんは笑顔で反応する。そして赤ちゃんの笑顔に親は笑顔で反応する。テレビやスマホでは代用できない。本筋に戻る。

日々、言語を発見している子どもにとって、一定のリズム、一定のメロディを持った一定の音の羅列はとても心地よい。どうやら「歌」というものらしい。あれが聞こえて来ると不思議と元気が出たり、眠くなったりしてしまう。これが言語の本質である。最近の研究では、歌は言語に先立つといわれている。テナガザルは言語を持たないけれど歌は持っている。オスとメスが歌い合う。つまり、歌は心を表現するもっとも基本的な道具なのである。「もし翰苑《かんゑん》にあらずは、何《なに》を以《もち》てか情《こころ》を攄《の》べむ。」は、現在の我々からすれば、たしかに失笑を買いそうなレトリックである。おそらく奈良時代でも事情はそうは変わらないだろう。しかし、この句は言語の本質を突いている。いよいよ最後の部分である

詩《し》は落梅《らくばい》の篇《へん》を紀《しる》す。古《いにしへ》と今《いま》と夫《そ》れ何《なに》か異ならむ。園梅《えんばい》を賦《ふ》して、聊《いささ》かに短詠《たんえい》を成《な》すべし。

「詩」は漢詩一般のこと。[※25]「落梅の篇」は『新日本古典文学大系』が、中国の六朝時代（二二〇～五八九）の「古楽府《こがふ》」[※26]に「梅花落《ばいからく》」と題する多くの作品があり、それらを指すとする。梅を愛するのは古今変わらないというわけである。なお、今回の「令和」の報道で「落梅」を「落ちる梅」と書いていた新聞があったが、「落ちる梅」だと収穫前に梅の実が落ちてしまいそうだ。「落梅」の「落」は「落花盛ん」の「落」の意で、花が「散る」ことを表す。

途中、随分と寄り道をしたけれど、「梅花歌の序」は、典拠に溢れた四六駢儷体《しろくべんれいたい》（四句と六句を中心に対句を多用した流麗な文章）の序文であった。そして、最大の要点が、気のあった仲間と一緒にお酒を飲んで歌を歌おう！にあることはわかってもらえたと思う。ただ、子守歌のように眠くならなかったことを祈るばかりである。そしてこの後、三十二人の官人たちの短歌が並ぶが、これは省略しよう。

以上、令和の【典拠】である「梅花歌の序」について述べて来た。いや、肝腎の部分がまだであった。

第二節　時に、初春の令月にして、気淑く風和ぐ。

　さて、「初春」はいうまでもなくお正月、一月である。二月は「仲春」。春についてはあまり使わなくなったが、「仲秋の名月」は現役である。三月は「晩春」。一月を「孟春」、三月を「季春」、そういういい方もある。

　そして、「令月」はとてもよい月（お月様ではなく、一月、二月の月）のこと。「令」には確かに命令の意はあるが、ここは「月」の形容なので「美しい」とか「良い」の意となる（「令嬢」と同じ）。先ほど出て来た「孟春」の「孟」には「はじめ／たけだけしい」などの意があるが、「孟春」は、「一月」以外にありえない。漢字は文字列上の位置で意味が変わる。「母為」だったら「お母さんがする」の意、「為母」だったら「お母さんのため」である。「令月」は二字熟語であり、「令」は「月」の形容以外あり得ない。「令月」は「よい月」という意である。したがって、「令月」の「令」を「月」から切り離して、一字だけで「命令に通じる」というのは間違いではないけれど、適切ではないだろう。

　ただ、漢字はさまざまなイメージを発散する。「念・思・想・憶」、この四字はどれも『万葉集』で「おもふ」に用いられている。恋歌の例が圧倒的に多い。こう記すと「想」が適切に感じられる。しかし、実際には、「念（二九二例）・思（一〇二例）・想（三例）・憶（三例）」であり、「念」が圧倒的に多い。万葉人《まんようびと》は「念」の文字に恋愛感情を見出していたかも知れない。したがって現代に生きる人が「令」の字から「命令」や「指令」を想起すること自体は否定できない。けれども、それをいいはじめたら、「大化」の「化」から「化け物」を連想する人もあろうし、「平成」の「平」は「平凡」の「平」でもある。やはり一文字にしてしまうのは生産的ではあるまい。つまるところ、「お正月、よい月ですな」というわけである。

続く「気淑《きよ》く」は、「気候が淑《しゅく》である」ことだが、これでは何の説明にもなっていない。「淑気《しゅくき》」ということばがあり、澤瀉久孝氏の『万葉集注釈』も指摘するように、

淑気《しゅくき》は時とともに殞《お》ち、餘芳《よほう》は風に従ひて捐《す》てらる。（陸機《りくき》※27「塘上行《とうじょうこう》」、『文選』）

花の美しい気は季節が移ろうとともに衰え、盛りを過ぎた香りは風の吹くままに捨てられてしまう。

とあって、春のうららかな日をあらわす（ただし、「塘上行」の例は女性の姿容の衰えの比

喩になっている）。この「淑気」は『懐風藻』の春の詩に七例も登場する。奈良時代を代表する、うららかな春をあらわすことばといってよいだろう。

そして「風和」は『懐風藻』に収められる春の宴を詠んだ刀利康嗣《とりのやすつぐ》※28の詩に、

日落ちて松影《しょうえい》闇《くら》く　風和《な》ぎて花気《かき》新《あらた》し。

日が落ちて松の影は暗く、風は和やかに花の香りは新鮮である。

と登場し、「蘭亭序」にも「天朗《てんほがら》かに気清《ききよ》く、恵風和暢《けいふうわちょう》せり」とある。こちらは「風」ばかりでなく、「気」も登場する「蘭亭序」が「梅花歌の序」に与えた影響は大きい。

また、「気淑」と「淑気」と同じように、「風和」に対して「和風」もある。たとえば、

黮黮《たんたん》たる重雲《ちょううん》、輯輯《しゅうしゅう》たる和風《わふう》（束皙《そくせき》※29「補亡詩《ほぼうし》」、『文選』）

黒々と重なる雲、そよそよと吹くうららかな風

海鷗《かいおう》は春岸《しゅんがん》に戯《たはむ》れ、天雞《てんけい》は和風《わふう》を弄《もてあそ》ぶ。（謝霊運《しゃれいうん》[※30]「南山より北山に往くとき、湖中を経て瞻眺《せんちょう》する」、『文選』）

海の鷗《かもめ》は春の岸に遊び、山の金鶏鳥《きんけいちょう》[※31]はうららかな風を楽しむ。

とあるように、「和風」はのどかな春風をあらわす。現在、「和風」というと「洋風」の対義語として、ジャパニーズ・スタイルのことを示すが、「和」が日本のことをあらわすには、日本を「大和」の二文字で書くことが前提となる。しかし、現在の奈良県を「大和」の二文字で記した最初は天平宝字元年（七五七）〜二年（七五八）頃といわれ[※32]、国家としての日本を「大和」の二字で記すのはさらに遅れる。大伴旅人が「大和」と「和風」とを結び付けていたことは考えられない。「気淑《きよ》く風和《かぜやはら》ぐ」は、うららかな春であることを表現しているだけである。ここで注意しなければならないことがある。たとえば「うららかな秋の日」という表現には強烈な違和感がある。「うららかな」は「春」専用である。これと同じように「淑気」も「和風」も「春」専用の表現であったらしい。

以上、「初春《しょしゅん》の令月にして、気淑《きよ》く風和《かぜやはら》ぐ。」は、梅花の宴が催された当日、春になってうららかな陽気であることを、典拠を使いながら表現していたことを述べて来た。
では、この部分の直接の典拠と目される「帰田賦《きでんのふ》」を「梅花歌の序」と比べてみよう。

於レ是、仲春令月、時和気清。（是に、仲春《ちゅうしゅん》の令月《れいげつ》にして、時和《ときわ》し気清《ききよ》し「帰田賦」）

于レ時、初春令月　気淑風和。（時《とき》に、初春《しょしゅん》の令月にして、気淑《きよ》く風和《かぜやはら》ぐ「梅花歌の序」）

これは偶然ではない。「初春」と「仲春」は作品を書いた月が違っているに過ぎない。ただ、重要なのは、「梅花歌の序」と「帰田賦」との関係は、これまでの万葉研究の積み重ねの中で、それはある意味、自明のことであった点にある。筆者が発見したことなどではない。「帰田賦」を最初に指摘したのは、これまで何度も登場した契沖『万葉代匠記　初稿本』である。この中では単に「張衡の帰田賦に曰《いは》く『仲春令月時和気清』」と記すだけだが、この部分の典拠とみていることはまちがいない。この『万葉代匠記』という名称は、契沖の師匠・下河辺長流《しもこうべちょうりゅう》※33に代わって書いたことから付けられた。そして、『初稿本』は、師匠の影響が色濃く出ているといわれる。『初稿本』で既に「帰田賦」に触れているということは、あるいは下河辺長流が最初に気づいていたことなのかもしれない。これが契沖の独自の注が増えて行くといわれる『精撰本』になると、「帰田賦」に加えて「蘭亭序」にも触れるようになる。先学恐るべし。

やがて、井上通泰《いのうえみちやす》氏[※34]の『万葉集新考』[※35]、金子元臣《かねこもとおみ》氏[※36]の『万葉集評釈』[※37]などが、「帰田賦」を引用し、第二次世界大戦後、澤瀉久孝氏の『万葉集注釈』も次のように述べる。

文選（十五）張平子の帰田賦に「於是仲春令月、時和気清」とあり。注に「儀礼曰令月吉日、鄭玄曰令善也」とある。

「平子《へいし》」は張衡の字《あざな》[※38]である。文中の、

儀礼《ぎらい》に曰《いは》く、令月は吉日なり。鄭玄《じょうげん》曰く、令は善なり。

儀礼に「令月は吉日と書くのと同じようなものである」とある。鄭玄《じょうげん》の注に「令の文字は善という意味である」とある。

は説明が必要である。儒教《じゅきょう》の経典《きょうてん》のひとつである『儀礼』[※39]という書物に「令月とは吉日というのと同じだ」という文言が登場して、鄭玄[※40]という人が書いた『儀礼』の注釈書には「令は善という意味だ」と書かれているということである。「令月」の「令」は「善」の意味だ

というのである。この鄭玄の注釈は、万葉時代からとても有名であり、「令月」の「令」に命令の意味などなく、よい月を意味していたことは旅人をはじめとした当時の貴族にとって当然のことだったろう。

また、伊藤博《いとうはく》氏の『万葉集釈注』[※41]も、

「令月」は善き月。ここは正月をほめていったもの。『文選』巻十五帰田賦にも「是ニ仲春ノ令月ニシテ、時和カニ気清メリ」（於是仲春令月、時和気清）とある。

とする。そして『新日本古典文学大系』も、

「令月」は「仲春令月、時和し気清らかなり」（後漢・張衡「帰田賦」・文選十五）とある。

と「帰田賦」を引用する。本書はこうした先学の説を繰り返しているに過ぎない。[※42]図示すれば次のようになるだろう。

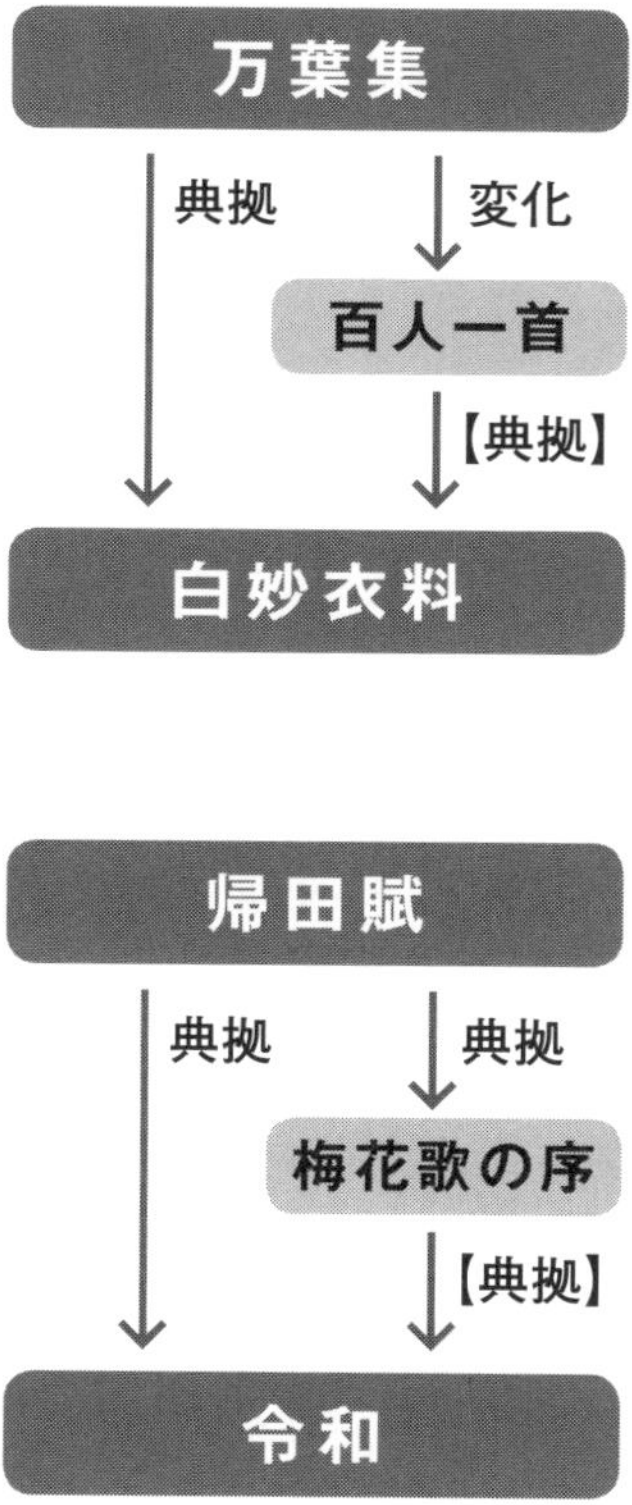

どうやら的は絞られた。旅人が「梅花歌の序」を記すにあたって、その全体の枠組みの典拠としたのは「蘭亭序」であり、「令和」を含むくだりの直接的典拠は「帰田賦」であった。

では、「蘭亭序」、「帰田賦」とはいかなるものなのか。

※1　藤原不比等――六五九〜七二〇。藤原鎌足《かまたり》の次男。『大宝律令』編纂《へんさん》に参加。平城京遷都を推進したと考えられている。娘の宮子《みやこ》は文武《もんむ》天皇の夫人であり、光明子《こうみょうし》は聖武天皇の皇后となる。

※2　藤原武智麻呂――六八〇〜七三七。不比等の長男。南家の祖。武智麻呂の伝記に、七六〇年頃に成立した『藤氏家伝《とうしかでん》』の下巻がある。僧・延慶《えんけい》著。

※3　『日本古典文学大系』――『日本古典文学大系　四　万葉集　一』（岩波書店　一九五九）。

※4　簡文帝――中国の東晋《とうしん》（三一七〜四二〇）の第八代皇帝（在位三七二）。

※5　『芸文類聚』――六二四年に成立した、中国の書物。詩文をさまざまな主題で分類し、載せている。日本にも早くに伝わった。

※6　後主――中国の陳（五五七〜五八九）の最後の皇帝（在位五八二〜五八九）。

※7　『楽府詩集』――郭茂倩《かくもせん》撰。楽府（民間の歌謡から発達したといわれる詩体）作品を集めた最大の詩集。北宋《ほくそう》（九六〇〜一一二七）末の成立と考えられている。

※8　北村季吟の『万葉拾穂抄』――北村季吟は江戸時代の国学者（一六二四〜一七〇五）。『万葉拾穂抄』はその著作で『万葉集』の注釈書。一六八六年成立。

※9　『楚辞』――中国の戦国時代末期（紀元前三〇〇〜二〇〇年頃）に楚《そ》の国で歌われた詩歌を集めた書物。

※10　「蓋を傾け」については、『新日本古典文学大系　万葉集　一』に詳論がある。

※11　『新日本古典文学大系――『新日本古典文学大系　一　万葉集　一』（岩波書店　一九九

九)。

※12 契沖――一六四〇～一七〇一。国学者。『万葉代匠記』は極めて精緻な注釈書であり、江戸時代の万葉研究の高みの一つ。『初稿本』が一六八八年頃に完成し、『精撰本』は一六九〇年に成立した。

※13 宋玉――生没年不明。紀元前二〇〇年前後の人。

※14 『日本古典文学全集』――『日本古典文学全集 三 万葉集 二』(小学館 一九七二)。

※15 『万葉集注釈』――『万葉集注釈 巻第五』(中央公論社 一九五九)。

※16 鮑泉――?～五五一。中国の南朝の梁《りょう》の軍人であり政治家。詩人でもある。

※17 『玉台新詠』――中国の六朝時代(二二〇～五八九)の詩集。徐陵《じょりょう》(五〇七～五八三)の撰。艶詩集。

※18 竹林の七賢――三世紀末～四世紀初に、俗世間を離れて竹林に集った七人。阮籍《げんせき》・嵆康《けいこう》・山濤《さんとう》・向秀《しょうしゅう》・劉伶《りゅうれい》・阮咸《げんかん》・王戎《おうじゅう》のこと。

※19 劉伶――三世紀の人物。「竹林の七賢」の一人。

※20 「酒徳頌」――お酒を誉め讃える文章。

※21 『淮南子』――紀元前一三九年の成立。古代中国の哲学書。

※22 『抱朴子』――三一七年成立。葛洪《かっこう》(二八三～三六三)の手になる中国の道教の書。

※23 駱賓王――六四〇?～六八四。初唐の詩人。詩文集に『駱丞集《らくじょうしゅう》』がある。

※24 『文苑英華』――中国の北宋時代(九六〇～一一二七)に成立した詩文集。『文選』の後を継ぐといわれる。

※25 ここは『万葉集』の写本間に文字の違いがあって、「詩」とする説と「請」とする説とがある。今は暫定的に「詩」として、話を進める。
※26 古楽府――楽府（84ページの注）の中でも六朝以前の楽府を取り立てていうことば。
※27 陸機――二六一～三〇三。中国の文人。
※28 刀利康嗣――渡来系の人物。七一〇年に従五位下。大学博士（官人養成機関のトップ）だった。
※29 束皙――二四六?～三〇三?中国の学者、文人。
※30 謝霊運――三八五～四三三。中国の詩人。
※31 金鶏鳥――全ての鶏の中で、毎朝一番早く鳴くといわれる想像上の鶏。
※32 『新日本古典文学大系　十三、十四　続日本紀　二、三』（岩波書店　一九九〇、一九九二）による。
※33 下河辺長流――一六二四～一六八六。江戸前期の国学者。
※34 井上通泰――一八六六～一九四一。国文学の研究者。『万葉集新考』は全歌の注釈書。
※35 『万葉集新考』――『万葉集新考　巻二』（国民図書　一九二八）。
※36 金子元臣――一八六九～一九四四。国文学の研究者。『万葉集評釈』は巻九までの注釈書。
※37 『万葉集評釈』――『万葉集評釈　第三冊』（明治書院　一九四〇）。
※38 字――中国で氏と名以外に付ける名前。男子が成人すると名乗るようになる。字が付けられると本名（諱《いみな》という）はあまり使われなくなる。
※39 『儀礼』――中国の儒教経典のひとつ。戦国時代（紀元前四〇三～二二一）の成立か。

※40　鄭玄――一二七～二〇〇。中国の後漢《ごかん》の学者。
※41　『万葉集釈注』――『万葉集釈注　三　巻第五・巻第六』（小学館　一九九六）。
※42　他にも「帰田賦」に触れている先行研究はあるが、今は、『万葉集』の注釈書を掲げるにとどめた。

第五章　王羲之と「蘭亭序」

第一節　王羲之

王羲之《おうぎし》（三〇七～三六五）[※1]は、稀代の書家として有名である。字《あざな》は逸少《いっしょう》。自身も能書家として知られる唐の第二代皇帝・太宗《たいそう》[※2]は王羲之の書をこよなく愛し、「蘭亭序」の真筆（直筆）を王羲之の子孫から奪い、自分の墓に納めさせたと伝わる。[※3]

書道をたしなむ方にとって王羲之の書は、法帖《ほうじょう》（書のお手本。法書とも）としてよく知られているだろう。ただ、「蘭亭序」も含めて王羲之の真筆は現存せず、「蘭亭序」も石碑に記されたものの拓本（拓本をまとめた書物を搨本《とうほん》という）と臨模本《りんもぼん》（横に書をおいてその通りに書いたもの）とが残るだけである。ただし、その数は極めて多い。「蘭亭序」は搨本と臨模本のはずなのに、文字数が違っているものもある。また、「蘭亭序」は王羲之の書の中でも最も有名だといっても過言ではない。[※4]居酒屋や温泉宿で出て来た一人用のコンロに「蘭亭序」が印刷されていたことが何度かあった。中国に行った時には食堂の壁紙が「蘭亭序」だったこともあった。目がチカチカした。それくらい有名である。もっとも、だからといって、大伴旅人《おおとものたびと》の時代、王羲之や「蘭亭序」が有名であったかどうかは別問題である。しかし、やはり有名だった。『万葉集』には次の歌々が残る（括弧内は原文）

標結《しめゆ》ひて　我が定めてし（我定義之）　住吉《すみのえ》の　浜の小松は　後も我が松（3・三九四　余明軍《よのみょうぐん》）

標を結って僕のものと決めた住吉の浜の小松（あの娘《こ》）は、これから先も僕の松だ（僕の恋人だ）。

石上《いそのかみ》　降るとも雨に　障《つつ》まめや　妹《いも》に逢はむと　言ひてしものを（言義之鬼尾）（4・六六四　大伴像見《おおとものかたみ》）

（石上）降っても雨なんかに負けるものか。あの子に「逢おう」って言ったのだから。

葦《あし》の根の　ねもころ思ひて　結びてし（結義之）　玉《たま》の緒《を》といはば　人解かめやも

（7・一三二四　作者不記載）

（葦の根の）心を込めて結んだ玉の緒だっていえば、人に解かれることがあろうか（誰も私たちの邪魔はできない）。

古《いにしへ》に　織りてし服《はた》を（織義之八多乎）　この夕《ゆふへ》　衣《ころも》に縫《ぬ》ひて　君待つ我を（10・二〇六四　作者不記載）

ずっと前に織った布を今夕衣に縫い上げてあなたを待っている私なのです。（七夕歌）

月日《つきひ》選《え》り　逢ひてしあれば（逢義之有者）　別れまく　惜しかる君は　明日さへもがも

（10・二〇六六　作者不記載）

七月七日と月日を決めて逢ったのですから、別れてしまうのが惜しいあなたは明日も来て下さればよいのに。（七夕歌）。

朝寝髪《あさねがみ》　我は梳《けづ》らじ　うるはしき　君が手枕《たまくら》　触れてしものを（触義之鬼尾）（11・二五七八　作者不記載）

朝寝の髪をくしけずることなど私はしません。愛しいあなたの手枕が触れたのですから。

大《おほ》き海の　底を深めて　結びてし（結義之）　妹が心は　疑ひもなし（12・三〇二八　作者不記載）

大きな海の深い底のように心の底から深く結んだあの娘の心は疑うことなんてこれっぽっちもありやしない。

いずれの例も「義之」と書いて「てし」と読ませている。いってしまえば、ただの文字遊びである。つまり、当時のことばで書道の先生を「手師《てし》」といい、「王羲之」は書道の大先生なので、勿論「手師」である。なので「義之」と書いて「てし」と読ませた。ちょっと待った。「王羲之」の「羲」と「義」とは文字が違うだろう。まちがえて「羲」を「義」と書いてしまったのか、そうではあるまい。たとえば、「義捐金《ぎえんきん》」。「捐」は「捨てる」の意で義のために捨てるお金が「義捐金」である。ところが、「捐」は常用漢字表に載らない（学校で教わらない）漢字なので「義援金」にとって代わられてしまった。日本では「捐」（捨てる）と「援」（助ける）とが通用してしまったのである。万葉の時代、「羲」と「義」とは近似する字形から通用の状態だったのだろう。※5 たとえば、「続」と「績」も通用していたと考えられている。字形も違うように思えるが、「続」の旧字体は「續」である。「續」と「績」なら納得してもらえるだろう。

「義之」＝「王羲之」＝「手師」＝「てし」、これに最初に気づいたのは本居宣長《もとおりのりなが》※6である。

宣長は師匠である賀茂真淵《かものまぶち》※7への手紙に、

サテ僕ガ愚ナル心ニオモヒヨリ侍ルハ、義ハ羲ノ字ニテ、カノカラ国ノ王羲之テフ人ノ事ニテ、手師ノ意ニ用ルカ、コレモ師ハ音ナカラ、此方ノ詞ノヤウニモナリ來テ、ツネニ云ナレシ事ナレハ、此集中ニモ手師トモ多クカケリ、又、カノ人ヲ子ノ献之ニ対テ大

王トイヘル事、カラ文ニオホクミエタレハ、大王モ羲之カ事ニテ、手師ノ意ナルヘシ

（『万葉集問目』[※8]）

さて、私が愚かにも心から思いますことは、「義」は「羲」の字で、中国の「王羲之」のことで「手師」の意に用いたのではないでしょうか。この「師」を「し」と読むのは音読みですが、日本のことばのようにもなっていてよく使うので、『万葉集』にも「手師」とも沢山書かれています。また、王羲之を子どもの王献之《おうけんし》に対して「大王」ということ（訳者注―王献之も能書家で「小王」と呼ばれる）は中国の本にもよく出て来るので、「大王」も王羲之のことで「手師」の意なのではないでしょうか。（訳者注―「大王」も「てし」と読んでよいのではないでしょうか）

と送った。お見事！「手師」と書いて「てし」と読む例は、次の歌を含めて八例を数える。

思はじと　言ひてしものを（曰手師物乎）　はねず色の　うつろひ易き　我が心かも

（4・六五七　大伴坂上郎女《おおとものさかのうえのいらつめ》）

「もう思うことなんてしない、恋なんてしない」って言ったのに、（はねず色の）なんて変わりやすい心なのだろう、私の心は。

また、「大王」と書いて「てし」と読む例は、次の歌を含めて四例見える。

世間《よのなか》は　常かくのみか　結びてし（結大王）　白玉の緒の　絶ゆらく思へば（7・一三二一　作者不記載）

世の中なんてこんなものなのか。しっかり結んでおいた真珠の紐が切れたことを思うと。

『万葉集』を研究しているのだから、一度くらいこうした大発見をしてみたい。もう一点、ここに掲げた歌々、どれも味わい深い。現代語訳も読まずにスルーしてしまったあなた、もう一度歌を読んでみてください。

話を戻す。ここで注意したいのはその歌の作者である。万葉歌の過半数は作者が記されていないので、掲げてきた用例にも「作者不記載」が多いけれど、判明している作者たちを見ると、余明軍《よのみょうぐん》（生没年不明）は旅人の資人《しにん》（おつきのもの）である（この余明軍さん、珍しい名前だし、また出て来るので覚えておいてください）。大伴像見《おおとものかたみ》は、旅人との個人的な関係は不明だが、年下（これは間違いない）の同族である。坂上郎女は旅人の異母妹である。万葉歌は歌作者と筆録者が違う場合が多々あるため正確にはいえないが、旅人周辺に「義之」、「手師」の文字を操る人がいたことは認めてよいだろう。

そして、この王義之崇拝ともいうべき現象は、後年、聖武天皇の菩提《ぼだい》を弔《とむら》うために皇后・光明子《こうみょうし》が東大寺に宝物《ほうもつ》を収めた際の目録（『東大寺献物帳《とうだいじけんもつちょう》』）にも見える。『東大寺献物帳』は五巻が現存しているが、そのうちの一巻は『大小王真蹟帳《だいしょうおうしんせきちょう》』と呼ばれる。天平宝字二年（七五八）六月一日に献納された。勿論、大王は王羲之、小王は王献之のことであり、二人の真筆（ということになっている書）が東大寺に奉納されたのである。残念ながら目録しか残っていないけれども、さすが王羲之である。

その王羲之の最高傑作とも称されるのが、「蘭亭序」である。

第二節　「蘭亭序」

永和九年（三五三）三月三日、王羲之は知己四十一名を蘭亭[※9]に招き宴席を開き、自分も含めて四十二名で漢詩を読み、漢詩集を作った（『蘭亭集』）。四十二名中十六名は漢詩を作れなかったので、罰としてお酒（「罰盃《ばっぱい》」※10という）を三斗（三升くらいか）飲まされたという。いってしまえば、アルハラである。

「蘭亭序」はその詩集の序文である。お酒を飲んで書いたので、何ヶ所か間違えており、酔いが覚めてから清書しようとしたけれど、これ以上上手に書けなかったとも伝わる（何延《かえん》之《し》『蘭亭始末記』）。「蘭亭序」が日本にどのように伝来したかは、あまりわかっていない。王羲之が生きた時代のことを記した歴史書である『晋書《しんしょ》』※11に王羲之の伝記があり、そこに「蘭亭序」もあるにはあるのだけれど、『晋書』の成立は六四八年なのでかなり遅れる。ちなみに「王羲之伝」を書いたのは、「蘭亭序」を自分のお墓に埋めてしまった太宗自身である。『晋書』とは別に、法帖としても日本に入って来たのだろうか。よくわからないが、正倉院文書には天平二年（七三〇）の書写記録が残っており、入って来ていたことは間違いない。

書き下し文は少し後の方に示した。ご覧の通り、長文である。でも、最初から最後まで読み通さなくても大丈夫。「蘭亭序」の全てが関係しているわけではない。現代語訳は巻末に記した。時間のあるときに見てほしい。今回、「令和」の【典拠】が『万葉集』にあるといわれて、あちらこちらからさまざまな問い合わせがあった。当然、学生たちも気にしているだろうと考えて、年度初めの授業で「令和」について話をすることにした。「蘭亭序」は中国のサイトにテキスト※12があるから、コピペで済むだろうと思ったが、甘かった。ダウンロードした「蘭亭序」には当然、返り点も読み下し文もついていない。返り点と読み下し文の入力は泣きたくなった。

でも、ご安心を。「蘭亭序」を「梅花歌の序」のように細かに述べて行くことはしない。本書をここで中断されてしまっては悲しすぎる。「梅花歌の序」と「蘭亭序」の関係性を述べるに留める。

「蘭亭序」が書かれたのは三月、「梅花歌の序」は一月。月は違うが、季節は春。王羲之の集めた友達は四十一人、旅人が三十一人、十人の差はあっても、知己を招き、文雅の宴を催し、序と詩歌を記すのは、「蘭亭序」と酷似する。以下、「梅花歌の序」と関係している箇所には番号と傍線を付した。以下、傍線（一）～（五）に絞って述べて行く。

蘭亭記※13　王逸少

（一）永和九年、歳癸丑《きちゅう》に在り。暮春の初、会稽山陰《かいけいさんいん》の蘭亭《らんてい》に会《かい》す。禊事《けいじ》を修むるなり。群賢《ぐんけん》畢《ことごと》く至り、少長《しょうちょう》咸《みな》集《あつ》まる。此の地に崇山峻嶺《すうざんしゅんれい》、茂林修竹《もりんしゅうちく》有り。又清流激湍《せいりゅうげきたん》有りて、左右《さゆう》に映帯《えいたい》す。引きて以ち

て流觴《りゅうしょう》の曲水《きょくすい》と為し、其の次《じ》に列坐《れつざ》す。絲竹管絃《しちくかんげん》の盛《せい》無しと雖《いへど》も、(二)一觴一詠《いっしょういちえい》、亦以ちて幽情《ゆうじょう》を暢叙《ちょうじょ》するに足る。是の日や、(三)天朗《ほがら》かに気清く、恵風和暢《けいふうわちょう》せり。仰ぎて宇宙《うちゅう》の大《だい》を観《み》、俯して品類《ひんるい》の盛なるを察《み》る。目を游ばしめ懐《おもひ》を騁《は》する所以《ゆゑ》、以ちて視聴《しちょう》の娯《たのし》みを極《きは》むるに足れり。信《まこと》に楽しむべきなり。

夫《そ》れ人の相与《あひとも》に一世《いっせい》に俯仰《ふぎょう》するや、或《ある》は諸《これ》を懐抱《かいほう》に取りて、(四)一室の内に悟言《ごげん》し、或は託《たく》する所に因寄《いんき》して、形骸《けいがい》の外《ほか》に放浪《はうろう》す。趣舎万殊《しゅしゃばんしゅ》にして、静躁《せいそう》同じからずと雖も、其の遇《あ》ふ所を欣《よろこ》びて、暫《しまら》く己《おのれ》に得るに当りては、(五)快然《かいぜん》として自《みづか》ら足《た》り、老《おい》の将《まさ》に至らむとするを知らず。其の之《ゆ》く所既《すで》に倦《う》み、情事《じょうこと》に随《したが》ひて遷《うつ》るに及《およ》びては、感慨《かんがい》之《これ》に係《かか》れり。向《さき》の欣《よろこ》ぶ所は、俛仰《ふぎょう》の間に、以《すで》に陳跡《ちんせき》と為る。尤《もと》も之《これ》を以《もち》て懐《おも》ひを興《おこ》さざる能《あた》はず。況《いはむ》や修短《しゅうたん》化《か》に随《したが》ひて、終《つ》ひに尽《つ》くるに期《き》するをや。古人《こじん》云ふ、死生も亦大なりと。豈《あに》痛ましからずや。

昔人《せきじん》感を興すの由を覧《み》る毎《ごと》に、一契《いっけい》を合せたるが若《ごと》し。未《いま》だ嘗《かつ》て文《ぶん》に臨《のぞ》みて嗟悼《さとう》せざるにあらず。之《これ》を懐《こころ》に喩《さと》ること能はず。固《もと》より死生《しせい》を一《いつ》にするは虚誕《きょたん》にして、彭殤《ほうしょう》を齊《ひと》しくするは妄作《ばうさ》たるを知る。後の今を視るも、亦猶《またなほ》今の昔を視るがごとくならむ。悲しきかも。故に時人《じじん》を列叙《れつじょ》して、其の述ぶる所を録《ろく》す。世殊《よこと》に事異《ことこと》なると雖も、懐《おもひ》を興《おこ》

す所以《ゆゑ》は、其の致一《ちいつ》なり。後の覧《み》む者も、亦将《まさ》に斯《こ》の文に感有《かんあ》らむとす。

傍線部（一）「永和九年、歳癸丑《きちゅう》に在り。暮春の初、会稽山陰《かいけいさんいん》の蘭亭《らんてい》に会《かい》す」「梅花歌の序」の「天平二年正月十三日に、帥老《そちろう》の宅《いへ》に萃《あつ》まりて、宴会《えんかい》を申《の》ぶ。」に対応する。両序とも元号から始まる。「蘭亭序」の「歳癸丑に在り」は干支の表示。随分前に書いた法隆寺釈迦三尊像の光背の銘文にもあった。けれども奈良時代の日本では干支は書かないことになっていたので（31ページ参照）、この部分は対応のしようがない。「暮春の初」は「三月頭」の意、ここでは宴席を開いた三月三日のこと。「梅花歌の序」の「正月十三日」にあたる。後は宴席の場所を提示して宴席が持たれたことを記している。「会《かい》す」は「一堂に会した」の「会《かい》す」。要するに宴会である。語句レベルの共通性はないが、旅人が書いたと思われる他の漢文に、元号から始まる例もなく、「蘭亭序」を下敷きにしていると見てよいだろう。中西進《なかにしすすむ》氏の「万葉梅花の宴」※14は、

旅人が蘭亭の序のまねをして序を書いたということは、何も文章を借りたのではなかった。隠逸の心を羲之に合わせようとしたのである。その暗示が文章の模倣だったのである。

と、さらに深く掘り下げる。「まね」とか「模倣」とかまではいえないと思うが、「蘭亭序」が「梅花歌の序」を支えていることはまちがいない。

傍線部（二）「一觴一詠《いっしょういちえい》、亦以ちて幽情《ゆうじょう》を暢叙《ちょうじょ》するに足る」

ここは、少し複雑である。「觴」は「梅花歌の序」にもあったように杯《さかづき》の意。一杯飲んで漢詩一首を詠じる意である。「幽情《ゆうじょう》」は心の奥底にある感情のこと。幽霊とは無関係である。「幽」は簡単に知ることのできない深みをあらわす。「暢叙《ちょうじょ》」は述べる意。お酒を飲んで詩を作ると奥深い心情を表現できるというのである。この考え方が「梅花歌の序」に通じることはいうまでもあるまい。

傍線部（三）「天朗《ほがら》かに気清《ききよ》く、恵風和暢《けいふうわちょう》せり」

元号に関する報道の中には、この部分を「初春令月、気淑風和」（「梅花歌の序」）の典拠としてあげているものもあった。たしかに、「梅花歌の序」の「気淑風和」と「蘭亭序」の「天朗気清、恵風和暢」とは似ていないことはない。『日本古典文学全集』は、

この前後蘭亭集序の「是日也、天朗気清、恵風和暢」を参考にする。

と述べ、中西進氏の『万葉と海彼』※15も両者の筆法の近さを述べる。「梅花歌の序」が「蘭亭序」を踏まえていることは間違いないので、ここもそうだとは思うが、前にも述べたように(79ページ参照)春のおだやかな風を「和風」というので、風の穏やかな春の日を描こうとすれば、どうしても似たような表現になってしまうだろう。

傍線部(四)「一室の内に悟言《ごげん》し」

先にも述べたように、ここは「一室の裏《うち》に忘言《ぼうげん》し」の典拠にあたる。「悟言」も「忘言」も、心打ち解けた様をあらわす。「竹林の七賢」(85ページ参照)のひとりである山濤《さんとう》について記された「山濤伝」(『晋書』)に、

竹林《ちくりん》の交《まじ》はりを為《な》し、忘言の契《ちぎ》りを著《あらは》す。

竹林の交わりをして、ことばを必要としないほどの契りを明らかにした。

というくだりがある。ことばを忘れるほど心が通じあっていることである。「悟言」は『文選』(文選は次章で述べる)に、

悟言して罷《つか》れを知らず、夕より清朝《せいちょう》に至る。（謝恵連《しゃけいれん》※16「湖《こ》に泛《うか》び帰《かへ》りて楼中《ろうちゅう》に出で月を翫《もてあそ》ぶ」、『文選』）

差し向かいで話をして疲れも覚えず、夕方から翌朝まで至った。

とある。つまり、「梅花歌の序」は「蘭亭序」の「悟言」を似たような意味の「忘言」に入れ替えたものである。こうした書き方は「梅花歌の序」に限らず、漢字文化圏における文章作成方法の王道である。

換骨奪胎《かんこつだったい》ということばがある。「梅花歌の序」を考える際に要となることばである。たとえば、『日本国語大辞典　第二版』を引くと、

先人の詩文などの表現法を借りながら趣旨に変化を試みて、独自の作品を作りあげる技法。誤用されて、他の作品の焼き直しの意にいうことがある。

と記され、現在では、他人の作品の一部を利用してあたかも自分のオリジナルに見せるといった悪い意味に使われることも多い。しかし、本来は、『日本国語大辞典　第二版』の記述通り、典拠を踏まえ、その典拠の一部を変えて自分の作品に仕上げるという高い教養に裏

打ちされた文章の技法である。ここはその換骨奪胎の典型である。

傍線部（五）「快然《かいぜん》として自《みづか》ら足《た》り」

ここは前にも触れたように、「梅花歌の序」と「蘭亭序」とが完全に一致する部分である。といっても「梅花歌の序」の前句、「淡然《たんぜん》として自《みづか》ら放《ゆる》し」には、これといった典拠は指摘されていない（筆者も見つけられない）ので、あるいは、これを対句に仕立てたところは旅人の工夫だったかも知れない。「快然《かいぜん》として自《みづか》ら足《た》り」を対句に仕立てた換骨奪胎の例なのだろう。

以上、五点にわたって「梅花歌の序」と「蘭亭序」の共通点を見てきた。似た点はあるものの、「梅花歌の序」は「蘭亭序」を真似したり模倣したりして書かれたわけではない。たとえば、「蘭亭序」にはほとんど対句がないのに対して、「梅花歌の序」は対句を駆使した四六駢儷体の文章である。[※17] この文章の構造とでもいうべき点については、初唐（六一八〜七一二を指す）の詩序《しじょ》（漢詩集などの序文）の形式にのっとっているという指摘もある。[※18] 表現上は「蘭亭序」を用いながらも、文章全体としては、より梅花歌三十二首の序文として有効な詩序を利用しているのである。

「梅花歌の序」は詩序を文章の枠組みにしつつ、状況的に類似する「蘭亭序」の表現を用いて、数多くの典拠を駆使して、組み立てられていたといってよい。その典拠の一つが「帰田賦」である。

※1 王羲之の年齢については諸説あるが、今は吉川忠夫《よしかわただお》氏の『王羲之―六朝貴族の世界―』（清水書院　一九七二　岩波現代文庫　二〇一〇）に従った。

※2 太宗――五九八～六四九。唐の第二代皇帝。その治世は「貞観の治」として知られる。

※3 何延之《かえんし》（唐時代の人）が著した『蘭亭始末記』（七一二。『蘭亭記』とも）に書かれているが、伝説に近い。

※4 一九六五年、中国の文人・政治家・文学研究者・郭沫若《かくまつじゃく》が「蘭亭序」偽作説を発表し、大きな話題となった。

※5 「義」と「義」――よく目を凝らさないとわからないが、本来は別字。「義」は「息」の意。

※6 本居宣長――一七三〇～一八〇一。江戸中期の国学者。主著に『古事記伝』がある。

※7 賀茂真淵――一六九七～一七六九。江戸中期の国学者。主著に『万葉考』がある。

※8 『万葉集問目』――一七六四頃～一七六八に宣長と真淵との間で交わされた書簡。弟子の宣長の問に対して師匠の真淵が答えている。

※9　蘭亭——現在の中国浙江省紹興県会稽山にあった亭。

※10　この「罰盃」逸話の出典の説明は大変である。南朝の宋（四二〇～四七九）の劉義慶《りゅうぎけい》（四〇三～四四四）が著した『世説新語』という逸話集がある。これには「蘭亭序」のお話が載っている。そのお話に劉孝標《りゅうこうひょう》（四六二～五二一）が注釈を施した。その注釈には、王羲之自身が書いた「臨河序《りんかのじょ》」という「蘭亭序」に極めてよく似た文章が引用されている。その「臨河序」にこの罰盃のくだりが出て来る。

※11　『晋書』——晋（西晋二六五～三一六、東晋三一七～四二〇）についての歴史書。六四八年成立。

※12　中国のサイト——さまざまなサイトがある。たとえば、維基文庫、漢籍電子文献など。

※13　蘭亭記——本書では通称の「蘭亭序」と記している。

※14　中西進氏「万葉梅花の宴」（『筑紫万葉の世界』雄山閣　一九九四）。

※15　中西進氏『万葉と海彼』（角川書店　一九九〇。初出は一九八九）。

※16　謝恵連——四〇七～四三三。中国、南朝の宋の詩人。

※17　井村哲夫《いむらてつお》氏の「蘭亭叙と梅花歌序—注釈、そして比較文学的考察」（『犬養孝博士米寿記念論文集　万葉の風土・文学』（塙書房　一九九五）に詳しい。

※18　小島憲之《こじまのりゆき》氏『上代文学と中国文学　中』（塙書房　一九六四）。

第六章　『文選』と張衡の「帰田賦」

第一節　『文選』

「帰田賦」について述べる前に、「帰田賦」が収められている『文選』に触れておかねばなるまい。『文選』は中国の六世紀の王朝である梁《りょう》[※1]の昭明太子《しょうめいたいし》[※2]が編纂したアンソロジーである。古今の文学作品約八百編が掲載される。星の数ほどある中国の典籍の中でも『万葉集』を考えるに際して最も重要な文献の一つである。

その『文選』、奈良時代の貴族たちの必読文献だった。今でいえば、公務員試験や昇任試験の教科書の一つだった。[※3]そしてもう一つ大きな特徴は、『文選』が必読文献なのは、ここ日本でだけであり、ご本家中国にあっては教科書ではなかったことである。実際の試験問題が残っているわけではないから、正確なところはわからないが、「文選」と記された木簡も発掘されている。

さらにいえば、万葉人《まんようびと》が読んでいた『文選』は六五八年に唐の第三代皇帝・高宗《こうそう》※4に献上された、李善《りぜん》※5という学者が施した注のついたものであることも判明している。一般に「李善《りぜん》注文選《ちゅうもんぜん》」と呼ばれ、『文選』の注釈の中でもっとも有名といってよい。「令和」の典拠でもある「帰田賦」は、万葉時代最もよく読まれた『文選』所収の作品であった。本書もついに張衡の「帰田賦」にたどりついた。

第二節　張衡

張衡《ちょうこう》（七六～一三九・字は平子）は、政治家であり、科学者であった。天球儀や地震計を製作している。残念ながらその業績を評価する力は筆者にない。すごいのだろうなという程度である。一方、若い頃から文人でもあった。人々の贅沢を批判する「西京賦《せいけいのふ》」や「東《とう》京賦《けいのふ》」は有名である。そして、己の政治的不遇を嘆き、政治を捨てて田舎に隠棲《いんせい》しようとする決意を述べたものが、「帰田賦」である。「帰田」は「田んぼに帰ろう」の意である。「令和」発表後、ネットでは政治に失敗して隠棲するという点を大きく取り上げた発言も見かけた。この点は後に述べることになる。

第三節　「帰田賦」

「帰田賦」の読み下し文は以下の通り。「蘭亭序」と同様、現代語訳は巻末に載せた。

帰田賦　　張平子

都邑《とゆう》に遊びて以《もち》て永久なるも、明略《めいりゃく》の以て時を佐《たす》くる無し。徒《いたづら》に川に臨《のぞ》みて以て魚《うを》を羨《うらや》み、河の清《す》むことを俟《ま》てども未《いま》だ期《き》あらず。蔡子《さいし》の慷慨《こうがい》に感じ、唐生《とうせい》に従ひて以て疑《うたが》ひを決せり。天道《てんどう》の微昧《びまい》なるを諒《まこと》とし、漁父《ぎょほ》を追ひて以て嬉びを同じくす。埃塵《あいじん》を超えて以て遐《とほ》く逝《ゆ》き、世事《せいじ》と長く辞す。

是に仲春《ちゅうしゅん》の令月《れいげつ》にして、時和《ときわ》し気清《ききよ》し。原隰《げんしゅう》鬱茂《うつも》し、百草滋栄《ひゃくそうじえい》す。王雎《おうしょ》翼《つばさ》を鼓《こ》し、鶬鶊《そうこう》哀《かな》しみ鳴く。頸《くび》を交《まじ》へて頡頏《けつこう》し、関関嚶嚶《かんかんおうおう》たり。焉《ここ》に逍遙《しょうよう》し、聊《いささ》か以て情《じょう》を娯《たの》しましむ。爾《しか》して乃《すなは》ち竜《りょう》のごとく方沢《ほうたく》に吟じ、虎のごとく山丘《さんきゅう》に嘯《うそぶ》く。仰《あふ》ぎては繊《せん》繳《しゃく》を飛ばし、俯《ふ》しては長流《ちょうりゅう》に釣る。矢に触れて斃《たふ》れ、餌《ゑ》を貪《むさぼ》りて鉤《つりばり》を呑《の》む。雲間の逸禽《いつきん》を落とし、淵沈《ゑんちん》の鯋鰡《さりゅう》を懸《か》く。

時に曜霊《ようれい》は景《ひかり》を俄《かたぶ》け、係《つ》ぐに望舒《ぼうじょ》を以《もち》てす。般遊《はんゆう》の至楽《しらく》を極め、日夕《ひかたぶ》くと雖も劬《つか》るるを忘る。老氏の遺誡《いかい》に感じ、将《まさ》に駕《が》を蓬廬《ほうろ》に廻《めぐ》らさむとす。五絃《ごげん》の妙指《みょうし》を弾《だん》じ、周《しゅう》孔《こう》の図書《としょ》を詠《えい》ず。翰墨《かんぼく》を揮《ふる》ひて以て藻《そう》を奮《ふる》ひ、三皇《さんこう》の軌模《きぼ》を陳《の》ぶ。苟《いやし》くも心を物外《ぶつがい》に縦《ほしきまま》にせば、安《いづ》くにぞ栄辱《えいじょく》の如《ゆ》く所を知る。

「蘭亭序」ほどではないが、長い。要点のみを記す。

冒頭「都邑《とゆう》に遊びて以《もち》て永久なるも、明略《めいりゃく》の以て時を佐《たす》くる無し。」は都に出て来て政治を行おうとしたけれども、思うようにいかなかったという意である。第一段落の最後「埃塵《あいじん》を超えて以て遐《とほ》く逝《ゆ》き、世事《せいじ》と長く辞す。」は、世俗を離れようという決意の表現である。

そして第二段落に「令和」の典拠が登場する。あらためて「梅花歌の序」と比べてみよう。

是に、仲春《ちゅうしゅん》の令月《れいげつ》にして、時和《ときわ》し気清《ききよ》し。（「帰田賦」）

時《とき》に、初春《しょしゅん》の令月《れいがつ》にして、気淑《きよ》く風和《かぜやはら》ぐ。（「梅花歌の序」）

於レ是、仲春令月、時和気清。（「帰田賦」）

于レ時、初春令月、気淑風和。（「梅花歌の序」）

「帰田賦」は二月なので仲春、「梅花歌の序」は一月なので初春。これまで、さまざまな典拠を見て来て頂いたので、このくだりが典型的な換骨奪胎であることはすぐにわかってもらえるだろう（次図参照）。

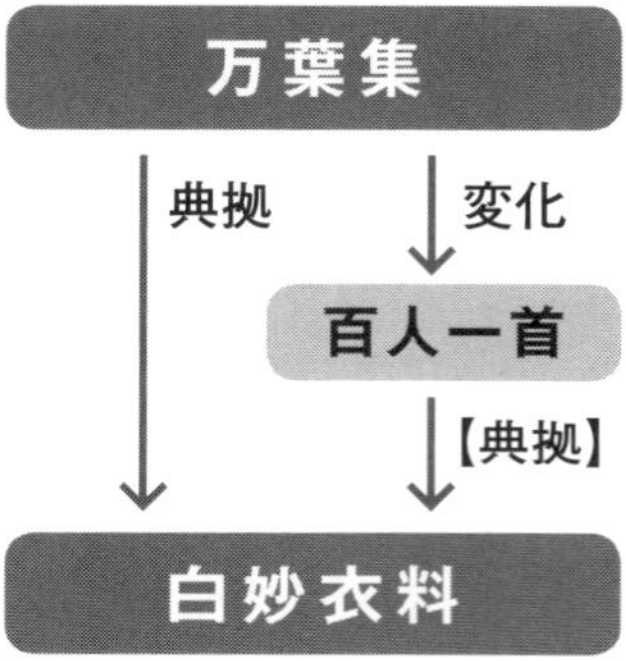

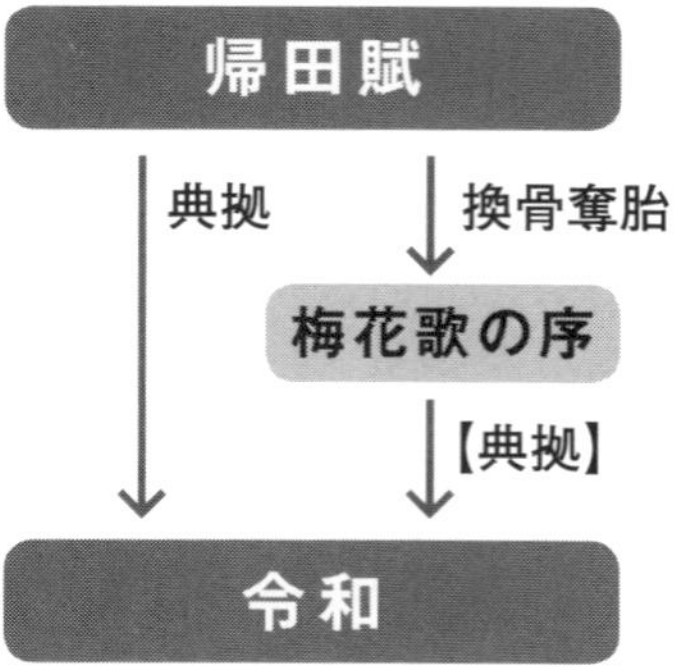

裏返していえば、「令和」がなければ、「帰田賦」は「梅花歌の序」を彩る典拠の一つでしかない。この点は極めて重要であり、後に触れることになる。

「帰田賦」のこの部分以降は、穏やかな春の日に、山野を駆け巡り、日暮れには家に帰って、琴を弾き読書をすると続く。そして詩を作り、心を俗世間から切り離せば、世の中の名誉や屈辱など私には関係ないといって閉じられる。つまり、「帰田賦」は、政治家として失敗し、田舎に帰ろうという文章である。有名な陶淵明《とうえんめい》の「帰《き》去来《きょらい》の辞《じ》」※6のさきがけとなる作品といってよい。

我々もそろそろ「梅花歌の序」に帰るとしよう。

※1　梁――中国の王朝。五〇二～五五七。

※2　昭明太子――五〇一～五三一。梁の初代皇帝・武帝《ぶてい》の皇太子。

※3　この点については仲谷健太郎《なかたにけんたろう》氏の「引用書名に見る漢籍の利用―比較文学の研究史を踏まえて―」（『万葉をヨム―方法論の今とこれから―』笠間書院　二〇一九）に詳しい。

※4　高宗――六二八～六八三。唐の第三代皇帝。

※5　李善――?～六九〇?。中国唐の学者。

※6　陶淵明の「帰去来の辞」――東晋（三一七～四二〇）の詩人・陶淵明（三六五～四二七）が官職を辞して故郷へ帰った時の作品。「帰りなむいざ、田園まさに蕪《あ》れなむとす」という有名な一節から始まる。

第七章　教養

第一節　「梅花歌の序」のオリジナリティ

「梅花歌の序」は、中国文学の典拠が複雑に入り組んだ作品であった。これまで述べてきた典拠をまとめてみよう。

天平二年正月十三日に、帥老《そちろう》の宅《いへ》に萃《あつ》まりて、宴会《えんかい》を申《の》ぶ。……「蘭亭序《らんていじょ》」

時《とき》に、初春《しょしゅん》の令月にして、気《き》淑《よ》く風《かぜ》和《やはら》ぐ。……「帰田賦《きでんのふ》」、「塘上行《とうじょうこう》」

梅《ばい》は鏡前《きょうぜん》の粉《ふん》を披《ひら》き、……「梅花賦《ばいかのふ》」「梅花落《ばいからく》」？

蘭《らん》は珮後《はいご》の香《こう》を薫《かを》らす。……「離騒《りそう》」

加以《しかのみにあらず》、

曙《あさけ》の嶺《みね》に雲移《くもうつ》り、松《まつ》は羅《うすもの》を掛《か》けて蓋《きぬがさ》を傾《かたぶ》け、……「魏都賦《ぎとふ》」、（「神女賦《しんにょのふ》」）

夕《ゆふへ》の岫《くき》に霧結《きりむす》び、鳥《とり》は縠《こめのきぬ》に封《と》ぢられて林《はやし》に迷《まと》ふ。……（「神女賦《しんにょのふ》」）

庭《には》に新蝶《しんちょう》舞《ま》ひ、……「湘東王《しょうとうおう》の春日《しゅんじつ》に和《わ》す」
空《そら》に故雁《こがん》帰《かへ》る。……「湘東王《しょうとうおう》の春日《しゅんじつ》に和《わ》す」

ここに
天《あめ》を蓋《きぬがさ》にし地《つち》を坐《しきゐ》にし、……「酒徳頌《しゅとくのしょう》」、『淮南子《えなんじ》』
膝《ひざ》を促《ちかづ》け觴《さかづき》を飛《と》ばす。……『抱朴子《ほうぼくし》』
一室《いっしつ》の裏《うち》に忘言《ぼうげん》し、……「蘭亭序《らんていじょ》」
煙霞《えんか》の外《ほか》に開衿《かいきん》す。
淡然《たんぜん》として自《みづか》ら放《ゆる》し、
快然《かいぜん》として自《みづか》ら足《た》りぬ。……「蘭亭序《らんていじょ》」
もし翰苑《かんえん》にあらずは、何《なに》を以《もち》てか情《こころ》を攄《の》べむ。……「秋日群公《しゅうじつぐんこう》と宴《うたげ》する序《じょ》」
詩《し》は落梅《らくばい》の篇《へん》を紀《しる》す。古《いにしへ》と今《いま》と夫《そ》れ何《なに》か異《こと》ならむ。……「古楽府《こがふ》」
園梅《えんばい》を賦《ふ》して、聊《いささ》かに短詠《たんえい》を成《な》すべし。

こう並べてみると、いかに多くの典拠に基づいて「梅花歌の序」が記されているかよくわかる。余りにも沢山あるので、あらためて個別に追って頂く必要もない。もしかすると、指摘されていないだけで、他にもまだあるのかもしれない。これをどのように考えればよいのだろうか。現代人の眼からすれば、「知識のひけらかし」、「パッチワーク」といったマイナスの評価と、「オマージュ」、「リスペクト」といったプラスの評価に分かれるだろう。ただ、「オリジナリティが高い」という評価は受けられそうにない。「がんばって作ったけれど、所詮切り貼り」という評が見え隠れする。

では、「オリジナリティ」とは何なのか。そもそも、今まで誰も表現したことがないものを新しく表すことはその作品の価値に直結するのだろうか。

第二節　現代の教養

仕事柄、挨拶を頼まれることがよくある。「一顧の礼」[※1]で引き受けた後で、「面倒だな」と思う瞬間がないといったら嘘になる。でも、筆者を選んで依頼してくれた人の顔が思い浮かぶと「ちゃんとしないとな」とも思う。おそらくオリジナリティのある挨拶を望んでいるんだろうなとも。でも、そうはいっても、破天荒[※2]なものではなく、それらしい故事成語を踏まえたり、典拠のある表現を使ったりする必要もあるんだろうな。かつおもひみだるる[※3]ことになる。まだ学生だった頃、数日の間に違う会場で全く同じ逸話を踏まえた挨拶を聞いたことがある。そんなことになったら沽券に関わるとも思う。[※4] 他山の石[※5]としなければ。ああでもないこうでもない、最終的には「まぁ、これが俺の今だわな」と自分を納得させて挨拶に臨む。しかし、現実的には、故事成語やら著名な逸話やらを踏まえることなくオリジナリティ勝負の挨拶をしても、それで大成功ということもあろう。逆に「梅花歌の序」のように典拠をちりばめた挨拶は聞いている方がつらくなりそうである。なによりも挨拶は短いことが肝要である。

現代はオリジナリティを非常に重要視する。同じようなものの繰り返しや焼き直しは忌避《きひ》される。ただ、これが行き過ぎると、「新しいもの＝価値のあるもの」になってしまう。「造新有理」[※6]といったところか。「何が良いかわからないけれど、みんなが新しい、すごいって言っているし」という状況である。僕の感性が鈍いからだけなのか、ビートルズは大好きだけれど「レボリューション9」[※7]は今でも何が何だかわからない。

その一方で、我々は繰り返しや焼き直しが大好きである。ウルトラマンや仮面ライダーから、水戸黄門や暴れん坊将軍まで、典型的な繰り返しである。飽きられるものもあるが、こうした繰り返しは、結末の安定性とともに、広く受け入れられている。スペシウム光線やライダーキックがないと納得できない。そして、「俳優の××が初めて時代劇に挑む」とか、

「変身のポーズが前と違う」とか、オリジナリティが追求される。それでもさすがに「新しい酒を古い革袋に入れ」[※8]ているように感じてしまう。

焼き直しも然り。芥川龍之介《あくたがわりゅうのすけ》の「杜子春」[※9]にせよ「羅生門」[※10]にせよ、映画のリメイクもクラシック音楽も、それらを焼き直しということは不可能ではない。勿論、「新しい解釈だ」とか「今までにない名演奏だ」といった評を否定しているのではない。筆者自身、好きな映画のリメイクは見たくなるし、芥川も随分読んだ（クラッシック音楽は聴かないのでわからない）。基盤になる表現が共通理解として存在し、その上に構築された世界を味わうのは楽しいし、心地よい。それでも、今書いてきたように「初めて挑む」、「前と違う」、「新しい解釈」、「今までにない」のようにオリジナリティが重要視される。それが現代なのだと思う。

第三節　奈良時代の教養

では、大伴旅人《おおとものたびと》にとっての教養とは何だったのだろう。『万葉集』には「梅花歌の序」の他にも多くの漢文が掲載されている。それらには「梅花歌の序」同様、数多くの典拠が踏まえられ、その典拠を知っている人にとって意味のあるものになっている。これは奈良時代に限ったことではない。たとえば、随分前に登場した（30ページ参照）、日本列島で記された（書いた人は渡来人だろうけれど）最も古い文章の一つである、倭王・武による宋の順帝への上表文は、

封国《ほうこく》は偏遠《へんえん》にして藩《はん》を外に作《な》し、昔より祖禰《そでい》、躬《みづか》ら甲冑《かっちゅう》を擐《つらぬ》き、山川《さんせん》を跋渉《ばっしょう》し、寧《ねい》処《しょ》に遑《いとま》あらず。

分け与えられた我が国は遠い彼方にあり、（宋を守るための）外敵の垣根となり、昔から父祖は自ら甲冑を着て山川を走り回りほっとする暇もありませんでした。

と始まる。五世紀の文章である。今、全てを解説することはしないが、この文章にも多くの典拠がちりばめられている。それればかりか当時の中国は儒教の時代であり、儒教の文献を典拠に持った表現が多く見られる。受け取る相手のことを考え、その相手に見合った典拠を使うのが教養であった。

八世紀も変わらない。つまり、当時の常識として、漢文をしたためるということは典拠を用いることであり、典拠のない文章（今風にいえばオリジナリティの高い文章）を書くこと

など考えもしなかったろう。典拠を駆使しながら、相手（この場合であれば、吉田宜《きちだのよろし》）に典拠に気づいてもらいながら、自分の伝えたいことを書くことこそ、教養だった。「梅花歌の序」は極めて高い教養に支えられていた。

「令和」の二文字に導かれてここまで来た。ここで「令和」について旅人さんに、村田A、村田Bがインタビューしてみよう。

村田A　旅人さん、「令和」は初めて国書から採られた元号です。あなたの文章から採らせて頂きました。旅人さんのオリジナル。リスペクトをもって使わせて頂きます。本当にありがとうございました。

旅人　オリジナル？冗談はよしてください。私はそんなに無教養じゃありませんよ。その部分にはちゃんと「帰田賦」という典拠があって、それを踏まえています。失礼なことを言わないでください。

たぶん怒られる。典拠のない文章は無教養の証しだから。

村田B　旅人さん、新元号の「令和」は旅人さんが書いた文章から採ったといわれていますが、もとをたどれば『文選』に入っている「帰田賦」が典拠なんですってね。あなたのオリジナルではないのですよね。

旅人　えっ?それ、当たり前じゃないですか。「典拠があるだろう」だなんて、あなた、随分と無教養なことをおっしゃいますね。もう少し勉強した方が良いですよ。

たぶん笑われる。典拠のない文章は無教養の証しだから。

そしてもう一点。第七章第二節「現代の教養」には、典拠を持ったことばをたくさん使用した。しかし、筆者は与謝野晶子《よさのあきこ》（「かつおもひみだれおもひみだるる」の作者）のファンでもないし、『新訳聖書』（「新しい酒を古い皮袋に入れ」の出典）をじっくり読んだこともない。『北夢瑣言《ほくむさげん》』（「破天荒」の出典）を熟読したこともなければ、芥川龍之介の研究をしたこともない。それでも、「通じる人には通じる」と思って書くことは面白いし、実際、読み手に通じた時の、読み手との感覚共有は喜びである。繰り返しになるけれど、旅人はこの「梅花歌の序」を平城京にいる友人に送っている。そこにあるのは、遠く離れた友人との感覚共有の願いである。勿論、漢文の常識ではあるものの、多様な典拠は友人との感覚共有のためにあったといってもよい。

その証拠に、これまで述べてきた数多くの典拠が持っている背景や意味の全てを踏まえて「梅花歌の序」を理解しようとすれば、まちがいなく破綻する。本書ではそれぞれの典拠について細かに書いてはいないが、たとえば『抱朴子』の「膝を促《ちかづ》け狭きに坐り、坏觴《はいしょう》を咫尺《せき》に交《か》はす」は、無遠慮な人々が人妻に色目を使う場面である。「塘上行」は女性の容姿の衰えの比喩だった。数ある典拠の中から「帰田賦」だけを取り上げて、「令和」は「政治に失敗した時の典拠が踏まえられている」などと主張するのはお門違いである。「現代の教養」の節に記した「造新有理」は「造反有理」を踏まえている。体制に反対すること自体正しいという「造反有理」は、学生運動が盛んだった頃によく使われた表現だが、筆者はゲバ棒やヘルメットの持ち合わせがない。そもそも筆者は学生運動を経験していない。時代が違う。「帰田賦」は、「梅花歌の序」のたくさんある典拠の一つに過ぎない。うららかな春の日の表現でしかない。「政治に失敗～」を旅人が聞いたらさぞかし驚くだろう。

典拠を持った表現は時間が経過すると、その表現に典拠があったかどうかすらわからなくなる。若い頃聞いた話なので、出典はわからないのだが、シェークスピアの劇を初めて観たご老人が「シェークスピアって人はすごいもんだ。随分たくさんの諺を知っている」と感心したそうだ。諺の典拠がシェークスピアだと知らないことを無知だと笑うのは簡単だが、使われれば使われるほど、そのことばの典拠は見えにくくなって行く。それが典拠のあるべき姿なのだろう。

しかし、新元号の【典拠】を『万葉集』とし、この部分を採択した方々は旅人本人ではない。それを【典拠】と標榜するその方々にどのような意図があるのかないのか、筆者は知る由もない。それは、ひとえにその方々の教養の高低、深浅、質に依存することである。

「令和」をめぐる冒険も終わりに近づいてきた。見てきたように、日本の元号は必ずしも中国の文献に典拠を持たねばならぬものではない。文字が書いてあれば、亀でも大丈夫である。その一方で、中国は漢字のご本家であり、漢字文化圏の人々は常に中国の文献をお手本にしてきた。ひらがなを用いようが、カタカナを用いようが、もとは漢字である。ちなみに『大漢和辞典』には、令和さんが三人掲載されている。

趙邕《ちょうよう》（?～五二五）。北魏※11の官僚。字《あざな》が令和。
江謐《こうひつ》（四三一～四八二）。南朝の宋※12～斉※13の官僚。字が令和。
乞伏慧《きつぶくけい》（?～?）。東魏※14～隋※15の政治家。字が令和。

どなたも詳しくは存じ上げないが、「令和」の二文字が字（86ページ参照）になるくらいだから、この二文字に悪印象があったとは思えない。

漢字を用いて、かつ、どうしても「国書由来」の年号を考えたいということならば、「朱《あかみ》鳥《とり》」（29ページ参照）のように、漢字の訓読みを使って「真秀《まほろば》※16」とか、「天満《そらみつ》※17」とかにすることになるだろう。ただ、「まほろば」の頭文字は「M」、「そらみつ」の頭文字は「S」だ。
うーん、なかなかうまくゆかない。

※1　一顧の礼——『三国志』で劉備《りゅうび》（蜀《しょく》の初代皇帝、在位二二一～二二三）が諸葛孔明《しょかつこうめい》（劉備の軍師）を迎える時の故事「三顧の礼」を踏まえる。

※2　破天荒——「天荒」は荒れ地。誰も科挙に合格したことのなかった地から初めて合格者が出て、「天荒を破る」といわれる。出典は宋代（九六〇～一二七九）に成立した説話集・『北夢《ほくむ》瑣言《さげん》』。誰もしたことがないことを成し遂げること。本来、型破りや豪胆といった意味ではない。

※3　かつおもひみだれおもひみだるる——与謝野晶子（一八七八～一九四二）の「くろ髪の千《ち》すぢの髪のみだれ髪かつおもひみだれおもひみだるる」を踏まえる。

※4　沽券に関わる——「沽券」は売主が買主に渡す証文。転じて体面のこと。「沽券に関わる」は体面に傷が付けられること。

※5　他山の石——『詩経《しきょう》』に出典を持つ。他人の誤ったことばでも自分の役に立つこと。

※6　造新有理——権力に抵抗すること自体に意味があるという「造反有理」という毛沢東《もうたくとう》のことばを踏まえる。

※7　レボリューション9——ビートルズのアルバム『ザ・ビートルズ』（通称「ホワイト・ア

ルバム」に収められている。きわめて前衛的な曲。

※8　新しい酒を古い革袋に入れ――『新約聖書』による。新しい内容のものを古い形式に無理に当てはめると古い革袋は破れ、酒もこぼれてしまうこと。

※9　「杜子春」――一九二〇年に発表された芥川龍之介の小説。中国の小説に依拠する。

※10　「羅生門」――一九一五年に発表された芥川龍之介の小説。『今昔物語集』に依拠する。

※11　北魏――中国の王朝。三八六〜五三四。

※12　南朝の宋――中国の王朝。四二〇〜四七九。

※13　斉――中国の王朝。四七九〜五〇二。

※14　東魏――中国の王朝。五三四〜五五〇。

※15　隋――中国の王朝。五八一〜六一九。

※16　まほろば――『古事記』のウタに「麻本呂婆《まほろば》」とある。とても素晴らしいという意味。

※17　そらみつ――『古事記』のウタに「蘇良美都《そらみつ》」とある。「やまと」に掛かる枕詞。『万葉集』には四音が五音になって「天尓満《そらにみつ》」とある

第八章　むすびにかえて

天平二年一月十四日の夕方、ようやく二日酔いが収まった大伴旅人《おおとものたびと》は考えた。

「夕べは楽しかった。随分たくさん歌が集まったな。ひぃ、ふぅ、みぃ……。三十二首もある。歌好きの宜《よろし》、喜ぶだろうな。手紙を送るか。三十二首もあれば、歌集だな。そうだ、それなら序文も付けよう。おっ、それなら「蘭亭序」だな。面白くなってきたぞ。」

早速、「蘭亭序」の写しを持って来させて書き始める。書き出しは順調だ。

「春の表現は張衡の「帰田賦」を使うか。「塘上行《とうじょうこう》」も使えそうだな。」

そのうちに対句に思いが至る。「蘭亭序」に対句はほとんどない。

「どうせなら、「蘭亭序」とは違う四六駢儷体で書いてみるか。こりゃ、本格的な詩序だな。宜の顔が思い浮かぶわ。」

よい典拠が思いつかず呻吟したくだりもある。適切な典拠がすらすらと出て来た表現もある。

「ここの典拠、何かないか？「蘭亭序」からそのまま採って対句仕立てにするか。」

そんな箇所もある。できあがった「梅花歌の序」を清書して、三十二首を連ね、自作の歌もそのうしろに並べる。ここまでどれくらい掛かったかわからないけれど、数時間でできるようなものではない。

さらに、先日、出張に行った松浦河（現在の佐賀県唐津市を流れる玉島川）の逸話も添えて、吉田宜《きちだのよろし》に送ることにした。尋常ではないボリュームのある手紙になった。

投函（？）した日はわからないが、宜の家に配達（？）されたのは、四月六日。この日付は『万葉集』に掲載されている宜の返書に記されている。

「旅人さん、これ全部読めということですか。おっ、「蘭亭序」で来ましたか。ここは「帰田賦」ですね。ちゃんとわかりますよ。でも、「蘭亭序」と違って四六駢儷体ですね。これ、書くの大変なんですよね。「酒徳頌」か、酒好きな旅人さんらしいわ。」

二人のやりとりを、想像を交えて、いや、ほとんど想像だけで記してみた。「憶良が書いたという説はどうなっているんだ！」というお叱りは甘んじて受ける。奈良時代の教養のやりとりがわかってもらえれば、それでよい。

宜の返書によれば、宜が返事をしたためたのは同年七月七日の七夕。そして、七月十日に大宰府から平城京に来ていた使いに託して旅人のもとに送ったと記されている。実際に書いたのは七月八日だったかもしれない。しかし、会えない友人に手紙を書くのが七月七日であることは、たとえ恋愛関係になくても意味を持つだろう。

その内容は、大宰府で妻を失った旅人を慰めるとともに、大宰府での激務を思いやり、梅花歌の宴についても「梅苑《ばいえん》の芳席《ほうせき》に、群英藻《ぐんえいさう》を摛《の》べ」(梅の苑のかぐわしい宴席に多くの素晴らしい方々が歌を作られ)と触れる。「群英」は「蘭亭序」の「群賢」を踏まえているのだろう。詩歌のことを「藻」と表すことは「帰田賦」にも登場する。他にも数多くの典拠が指摘されている。これが奈良時代の教養であり、二人の友情であり、なにより感覚共有の証しである。

しかし、この手紙には「またお会いしましょう」とか、「早くお会いしたい」といった文言はない。「願うことはあなた様の日々のご多幸です」とはある。この時、宜も老境に達していた。ある種の覚悟があったのかもしれない。

その後、妻のいない平城京の自宅に戻った旅人の歌は胸を締め付ける。旅人と宜との再会があったかどうか、『万葉集』は語らない。

附章

大伴旅人という生き方

――『万葉集』へのトビラ

第一節　『万葉集』へのトビラ

「令和」発表後、『万葉集』を取り巻く環境は急変した。そのうちに落ち着くだろうが、各地にある『万葉集』関係の博物館や資料館はてんてこ舞いだと聞く。本書を読んでくださっているあなたも『万葉集』に興味がおありだからに違いない。

一方、「ブームに乗って『万葉集』、『万葉集』って騒いでいるだけだ」という声も聞こえて来る。ブームに乗って何が悪いのだろう。人を好きになるきっかけなんてどうでもよい。長く愛せるかどうかである。相手の魅力が浅いか深いかにもよるだろう。筆者は『万葉集』に惹かれてから、四十年近くなるが、まだ飽きていない。そんな『万葉集』へのトビラとしてこの章を読んでもらえると嬉しい。大伴旅人《おおとものたびと》という人の生き方は、『万葉集』に登場する歌人の中でも、とても魅力的だと思うから。

第二節　高級官僚・大伴旅人

本文にも書いたが、大伴氏は武官の名門である。天智四年（六六五）生まれの彼は幼い頃を飛鳥で過ごした。飛鳥の優しい自然に触れて育った。やがて持統八年（六九四）――三十歳――、藤原京へ遷都。当時の人の官職や位（位階という）は『日本書紀』や『続日本紀』といった正史によるのが普通なのだが、彼はまだ顔を見せていない。

旅人が最初に正史に登場するのは、和銅三年（七一〇）年一月一日――四十六歳――、元日朝賀（天皇が貴族たちから賀を受ける儀礼）のくだりである。「左将軍正五位上大伴宿祢旅人」と見える。区切り方は「左将軍／正五位上／大伴宿祢旅人」。「左将軍」は天皇から見て左の列の騎兵を率いる役職である。親衛隊である。武官としての面目躍如《めんもくやくじょ》だったろう。また、位階は「正五位上」。五位以上が高級官僚、高級貴族である。次ページの表を見てほしい。位階は細分化され、なかなか上がって行けない。また、「外位《げい》」（地方官人などに多い）は「外正五位上」までしかなく、お給金は同じ階位であっても、「内位」（古来の有力豪族が圧倒的に多い）の半分くらいだったといわれる。門地差別が厳然と存在する細かすぎる給与表のようなものか。

普通の人は「無位」（位がない）がスタート地点である。山上憶良《やまのうえのおくら》も「無位」から始まった。

こんな歌もある。

このころの　我《あ》が恋力《こひぢから》　記し集め　功《くう》に申《まを》さば　五位《ごゐ》の冠《かがふり》（16・三八五八）

ここのところの私の恋の力を片っ端からかき集めて、功績として申請したら、五位の冠をもらえるほどだ。

この歌の背景には「五位の冠」は手に入らないという共通認識がある。普通の貴族が一生掛かっても手に入るかどうかというのが、「五位の冠」である。また、天皇が亡くなることを「崩御《ほうぎょ》」という。一〜三位の貴族が亡くなると「薨《こう》」、四〜五位ならば「卒《しゅつ》」と記される。六位以下は「死」。ネズミもミミズも「死」、筆者もこの世を去る時は「死」である。旅人の正史初出が、「正五位上」というのは大豪族ならではである。いかに高級貴族だったかがわかる。

その後、霊亀元年（七一五）─五十一歳─、「従四位上、中務卿《なかつかさのかみ》」に任命される。「中務卿」は「中務省」の長官。「中務省」は今でいえば、内閣官房的な存在であり、全省庁のトップである。順調な出世といってよい。武官のみならず文官としての地位も手に入れた。そして、養老二年（七一八）─五十四歳─、「中納言」を拝命する。「中納言」の「納言」と

			内位	外位	
正	一位		正一位		薨《こう》
従			従一位		
正	二位		正二位		
従			従二位		
正	三位		正三位		
従			従三位		
正	四位	上	正四位上		卒《しゅつ》
		下	正四位下		
従		上	従四位上		
		下	従四位下		
正	五位	上	正五位上	外正五位上	
		下	正五位下	外正五位下	
従		上	従五位上	外正五位上	
		下	従五位下	外正五位下	
正	六位	上	正六位上	外正五位上	死《し》
		下	正六位下	外正五位下	
従		上	従六位上	外正五位上	
		下	従六位下	外正五位下	
正	七位	上	正七位上	外正七位上	
		下	正七位下	外正七位下	
従		上	従七位上	外正七位上	
		下	従七位下	外従七位下	
正	八位	上	正八位上	外正八位上	
		下	正八位下	外正八位下	
従		上	従八位上	外従八位上	
		下	従八位下	外従八位下	
大	初位	上	大初位上	外大初位上	
		下	大初位下	外大初位下	
少		上	少初位上	外少初位上	
		下	少初位下	外少初位下	
無位					

は、天皇に近侍して、天皇の意見を臣下に伝えたり、臣下の意見を天皇に伝えたりする官職である。「大納言」は最も重要な文書やことばに関わり、「中納言」はその次に位置する。天皇の側近といってよい。

養老三年（七一九）―五十五歳―には、「正四位下、山背国摂官《やましろのくにしょうかん》」となる。「摂官」は朝廷がその国を直轄する際に置く臨時の官職。ここは「山背国」（京都府南部）に国守を置かずに朝廷直轄としたということなので、現在の京都府知事と同等の力を持っていたと考えてよいだろう。確実に出世している。

転機が訪れるのは、養老四年（七二〇）―五十六歳―。九州で隼人が反乱を起こす。旅人は「征隼人持節将軍《せいはやとじせちしょうぐん》」として、平定のために九州に出向く。「持節」とは天皇から全権委任されていることを表す。その証しとして多くの場合は「節刀《せっとう》」と呼ばれる刀を授かる。武官としての本領を発揮して九州に赴く。ところが、隼人平定の最中、政府の大黒柱であった藤《ふじ》原不比等《わらのふひと》が亡くなる。旅人は急遽、都に呼び戻され、長屋王政権の中枢を担うことになった。養老五年（七二一）―五十七歳―、従三位。ついに三位、これで亡くなる時は「薨」である。

養老八年（七二四）二月四日、聖武天皇が即位し、神亀に改元。同日、旅人は正三位に昇叙する。時に六十歳。ちなみにこの改元も、「天平」同様、亀が発見されたことによる。こちらは前年九月に「白亀」が見つかったと『続日本紀』に記されている。

新しい時代を迎え、三月には即位後初の吉野行幸《ぎょうこう》が挙行された。聖武天皇は、旅人に行幸で披露する歌を作るように命じる。しかし、いかなる事情があったのだろう、結局披露されることなく終わる。その披露されなかった歌が『万葉集』に残る旅人の最も若い時の作品である。六十歳の処女作である。長歌と短歌からなる。

み吉野の　吉野の宮は　山からし　貴《たふと》くあらし　川からし　さやけくあらし　天地《あめつち》と　長く久しく　万代《よろづよ》に　変はらずあらむ　行幸《いでまし》の宮（3・三一五）

反歌

昔見し　象《きさ》の小川《をがは》※1を　今見れば　いよよさやけく　なりにけるかも（3・三一六）

み吉野の吉野の宮は山の本質として貴いにちがいない。川の本質として清浄にちがいない。天地のように長く久しく万代に変わることのない行幸の宮だ。

反歌

昔の行幸の時に見た象の小川を今見ると、ますます清浄になったことだ。

吉野の山と川とを讃美することは、『万葉集』※2にあっては伝統的な表現であり、「万代に変はらずあらむ」は、当時、天皇即位の宣命に必ずといってもよいほど登場する「不改常典《ふかいじょうてん》」（改《あらた》むましじき常《つね》の典《のり》※3）という表現を踏まえている。聖武天皇即位の宣命にも勿論ある。長歌に付される短歌は反歌と呼ばれる。こちらは若い頃に供奉《ぐぶ》した持統天皇の吉野行幸を思い起こしての歌と考えられる。六十歳ならではの吉野讃歌だと思う。

この後、藤原氏と長屋王《ながやおう》との対立は激化する。この政治闘争に旅人がどのように関わったのかはわからない。ただ、この年の七月の記事を最後に『続日本紀』から旅人は姿を消す。したがって、大伴旅人が大宰府に赴任した記事は『続日本紀』に見えない。ただ、『続日本紀』の記事欠落はそれほど珍しいことではないので、ここも単なる脱落なのかもしれない。正確なところはわからないが、大宰府に向かったのは神亀四年（七二七）～五（七二八）年であった可能性が高い。

平城京から大宰府までの旅程は約二週間、妻である大伴郎女《おおとものいらつめ》（年齢はわからない）、息子の大伴家持（十歳くらいか）をはじめ、多くの者を従えての下向であった。時に、大伴旅人は六十三～四歳。以前、隼人の反乱を鎮めたときは五十六歳だった。その時とは違う疲労を感じていたに違いない。

第三節　大宰帥・大伴旅人

大宰府に到着した旅人一行を待っていたのは、筑前国守の山上憶良。旅人よりも五歳年上と思われる。二人の邂逅《かいこう》が『万葉集』を変えた。『万葉集』の巻五は二人の巻といってもよい。二人の出会いがなければ「令和」も生まれることはなかった。

ただ、旅人にとって大宰府はあまりにも悲しいことから始まってしまう。妻の死去である。しかも、それだけではなかったようだ。『万葉集』には、都から知人（あるいは一族かもしれない）の訃報が相次いだことが記されている。歌が残る。

世間《よのなか》は　空しきものと　知る時し　いよよますます　悲しかりけり（5・七九三）

世の中が空しいものだと知る時、いよいよますます悲しいと気づいた。

「空しいものと知る時」と「悲しい」という気づきが同時であった。この歌は神亀五年（七二八）六月二十三日の日付を持つ。その約一ヶ月後、憶良から歌が献上される。序文＋漢詩＋長歌＋反歌五首という長大な作品であるが、今はその中から二首。

家に行きて　いかにか我がせむ　枕づく　つま屋さぶしく　思ほゆべしも（5・七九五）

家に行っていったい私はどうすればよいのだろう。（枕づく）二人の寝室はどれほど寂しく思われることだろう。

悔しかも　かく知らませば　あをによし　国内《くぬち》ことごと　見せましものを（5・七九七）

悔しいことだ。こうなると知っていたら、（あをによし）奈良の全てを見せておけばよかった。

憶良の妻が亡くなったのではない。憶良は旅人に成り代わって旅人の心を歌っている。「さぶし」ということばは、本来あるべきものが欠如している時に生起する感情を表す。「さぶし」とともともと同語の「寒い」は本来あるべき適切な温度が欠如している状態である。平城京では旅人の邸宅が帰りを待っている。そこに帰ったところで、「つま屋」は寂しいだけというのは、旅人の悲しみの本質を突いている。また、「悔し」は自分がすべきではないことをしてしまった時、あるいはすべきことをしなかった時に沸き起こる感情をあらわす。あの時あそこに一緒に行っておけばよかったという後悔は、人類が始まって以来、連れ合いを亡くした人の全てに共通する感情であろう。こう書いている筆者も「今度の休みの日は、かみさんとどこかに行こうか」と今は思っている。話を戻そう。この二首、憶良の歌才がいかんなく発揮されているといってよいだろう。

都の風景とは違う大宰府での日々は、旅人の悲しみを癒しもしたろう。その年の十一月には香椎宮《かしいのみや》※4を奉拝する。その帰り、博多湾を見る歌がある。

いざ子ども　香椎の潟に　白たへの　袖さへ濡れて　朝菜摘みてむ（6・九五七）

さぁみんな、香椎潟に（白妙の）袖をも濡らして朝菜を摘んでしまおう！

大和人《やまとびと》にとって海は憧憬の的であった。難波の海とは違う海を楽しんでいる様子がうかがえる。
人間は忘れる動物である。過去の記憶が全て蓄積されていたら、とても生きて行けない。旅人もやがて妻の死を受け入れるようになる。お酒は多少なりとも、その手助けになるのだろうか。旅人には「酒を讃《ほ》むる歌十三首」がある。大宰府での宴席の歌だろうが、詠作時期は不明。うち三首を読んでみたい。

験《しるし》なき　物を思はずは　一坏《ひとつき》の　濁れる酒を　飲むべくあるらし（3・三三八）

しょうもないこと思っているくらいなら、一杯の濁り酒飲むに限るな。

賢《さか》しみと　物言ふよりは　酒飲みて　酔《ゑ》ひ泣《な》きするし　優《まさ》りたるらし（3・三四一）

知ったようなこと言うより酒を飲んで酔って泣く方がよっぽどいいわ。

この世にし　楽しくあらば　来む世には　虫に鳥にも　我はなりなむ（3・三四八）

この世で楽しくあるなら、来世は虫にでも鳥にでもなるわ。

突き抜けた明るさを持つこれらの歌の裏に旅人の悲しみを見出すことが深読みなのか正しい読みなのか、判断できない。しかし、筆者にはこの明るさ、尋常とは思えない。年が明けて天平元年（七二九）―六十五歳―。二月に平城京で大事件が起きる。長屋王の変である。旅人が長屋王政権において重要な位置を占めていたことは既に述べた。その長屋王が排除された。

関係する『続日本紀』の記事を追ってみる。いずれも二月の記事である。

十日　　　　長屋王についての密告があった。
同日夜　　　藤原宇合《うまかい》らに命じて長屋王宅を包囲。
十一日　　　大宰大弐（大宰府の次官）多治比県守《たじひのあがたもり》が「権参議」に任命される。
同日午前十時　舎人親王《とねりのみこ》ら、長屋王宅にて糾問。
十二日　　　長屋王自尽《じじん》。妻子縊死《いし》。
十三日　　　長屋王と妻を埋葬。
同日　　　　人々の集会を禁止。

十五日　長屋王関係者の処罰。
十七日　長屋王関係者で罪のない者を赦《ゆる》す。
十八日　長屋王の穢《けが》れを祓《はら》う。
二十一日　密告者に褒美。
二十六日　長屋王一族の存命者の地位保全。

密告から埋葬までわずか四日間。事後処理まで入れても二週間と少しである。スピード感をもってことを進めたのだろう。そして、長屋王の変の最中、多治比県守が「権参議《ごんのさんぎ》」に任ぜられ大宰府から召喚される。多治比県守は旅人よりも三歳年下。養老四年（七二〇）には「征夷持節将軍《せいいじせちしょうぐん》」に任命され東国の平定に当たっている。旅人の「征隼人持節将軍」と同年のことである。同じような出世コースを通ってきたと思われる。「権参議」の「権」とは定員を超えて任命される場合に用いられる。「参議」は『令』に定められた役職ではないが、「納言」に次ぐ重職である。多治比県守の場合、「権参議」の他に「民　部　卿《たみのつかさのかみ》※5」を兼任したらしく、『万葉集』には「民部卿」として登場する。

多治比県守の任命と長屋王事件とは、ほぼ同時に大宰府にもたらされたであろう（おそらく小野老《おののおゆ》※6が伝えた）。旅人がその報に接したときの衝撃は計り知れない。長屋王の死ももちろんだが、多治比県守の役職・大宰大弐は大宰府のナンバーツーである。旅人が長屋王や多治比県守に対してどのような感情を持ち合わせていたかは知りようもないが、好悪《こうお》や上下は別にして仕事仲間として認識していたはずである。特に大弐・多治比県守は大宰帥・旅人の右腕である。後任の大弐は小野老であった可能性が高いが、仕事に慣れるまでは時間が必要だし、そのうちに自分も都に帰ることになるだろう。

一方、当時の大宰府はたしかに西海道《さいかいどう》（九州）の中心ではあったが、華やかな都から来る大宮人たちからすれば、田舎びていたことは想像に難くない。誰しもが一日も早く都に帰りたいとひそかに思っていたはずである。旅人には、

やすみしし　我が大君の　食《を》す国は　大和もここも　同《おや》じとそ思ふ（6・九五六）

（やすみしし）我が天皇の領知なさる国は大和もこの大宰府も同じと思っている。

という歌もある。「勝ったも同然」、「五〇〇円の弁当も六〇〇円の弁当も同じ」、「それもこれも変わらないよ」。イコールであることの表現はイコールではないことを前提としている。大和と大宰府とがイコールであれば、この歌は成立しない。明らかな違いは「同じだ」と表

現することで多少なりともやわらぐ。旅人が大宰府と都を比較し、一日も早い帰京を望んでいたことは明白である。いつの詠かは不明だが、次の歌も残る。

我が命も　常にあらぬか　昔見し　象《きさ》の小川を　行きて見むため（3・三三二）

私の命は永遠であってほしい。昔見た吉野の象の小川を見に行きたいから。

若い頃持統天皇に付き従った吉野行幸、聖武天皇から作歌を命じられた六十歳での吉野行幸、そうした記憶が再生されるとともに、大和への望郷の念はつのったことだろう。いや、旅人だけではない。それは大宰府にいる都人たちの共通感情であった。しかし、それを口にしたり顔色に出したりすることは、自分たちの状況をますます辛いものにするだけである。

それでも、旅人が都に帰る時、後に残された憶良は、

天ざかる　鄙《ひな》に五年《いつとせ》　住まひつつ　都のてぶり　忘らえにけり（5・八八〇）

（天ざかる）鄙びた大宰府に五年住み続けて、都びた振る舞いを忘れてしまいました。

と詠っている。個人的に送った歌と思われ、二人の間柄を偲ばせる。
いよいよ多治比県守が大宰府を離れる日が近づいて来る。旅人は送別歌を詠む。筆者の大好きな一首である。

君がため　醸《か》みし待ち酒　安の野に[※7]　ひとりや飲まむ　友なしにして（4・五五五）

お前のために特別に醸造した特別の酒、夜須の野で一人飲むことか。友のいないままに。

「お前がいなくなったら、お前のために取っておいた大吟醸、俺、一人で飲むわ」となかばおどけつつ、配下の県守を「友」と呼ぶ。「友」は水平の人間関係である。学生時代、後輩が家に遊びに来た時、両親に「友達の××君」と紹介したら、後から「村田さん、僕のこと、友達って仰いましたよね」と喜んでくれた。面映ゆい思い出である。多治比県守は帰京した。この年の八月五日、神亀は天平に改元される。
年が明けて天平二年（七三〇）一月八日、旅人は梅花歌の宴を開催した。本書の中心となった宴である。知友・吉田宜《きちだのよろし》に送られたのは、
梅花歌の序（全一三七字からなる漢文）

梅花歌三十二首
員外《いんがい》故郷《こきょう》を思ふ歌二首
後に追和する梅の歌四首
松浦河に遊ぶ序（全一九一文字からなる漢文—梅花歌の序より長い）
その歌十一首

という長大な作品群であった。書きも書いたり、読みも読んだりである。

その年の六月というから宜からの返事がまだ届いていない頃、旅人は病に沈む。「瘡《かさ》を脚《あし》に生《な》し」（『万葉集』４・五六七の左注）というので、足に腫瘍《しゅよう》が出来たと考えられている。遺言を残そうと都から親族を呼ぶほどだった。幸いに数十日を経て快癒。十一月には大納言を任ぜられる。平城京が見えて来る。同時にその死を受け入れたはずの妻の面影もちらついて来る。都への出立の日が近づいてきた頃、旅人は歌う。※8

都なる　荒れたる家に　ひとり寝《ね》ば　旅にまさりて　苦しかるべし（３・四四〇）

都の荒れ果てた家に一人で寝たなら旅よりも遥かに苦しいことだろう。

大豪族の氏上であり、新大納言・旅人の平城京の家では、数多くの人々が旅人の帰りを待ちわびていたことだろう。「荒れたる家」など実際にはあり得ない。ただ、旅人にとっては、妻のいない家は「荒れたる家」でしかない。「旅」とは都から大宰府までの往路でも、大宰府から都までの帰路でもない。旅人にとって大宰府での生活、大宰府での妻のいない生活は全て旅でしかなかった。

旅人の離任にあたって、数多くの送別会が開かれた。たとえば、旅人の側近だった麻田陽《あさだや》春《す》は次の歌を残している。

大和辺《やまとへ》に　君が立つ日の　近づけば　野に立つ鹿も　とよめてそ鳴く（4・五七〇）

大和の国に向けてあなたが出立する日が近づくと野に立つ鹿も声を響かせて鳴いています。

この歌が儀礼的な餞別ではなく、本心の吐露であったと論証することは難しい。悪魔の証明に近い。しかし、ポイントは「君が立つ日の近づけば」だろう。まだ出発まで間があることがわかる。それでも、鹿は我々と同じように泣いているというのである。それだけではない。「野に立つ鹿」はいつ射られるかわからない。山に鳴く鹿の歌は多数あるが、野に鳴く鹿は少数である。鹿も射られる危険を冒して、姿を現して旅人の離任を悲しんでいると理解すべきだろう。筆者には儀礼的な歌とは思えない。

別の送別会では憶良も歌う。

天飛ぶや　鳥にもがもや　都まで　送りまをして　飛び帰るもの（5・八七六）

（天飛ぶや）鳥にでもなりたいものです。平城京までお送りして飛び帰って来ますのに。

大宰府で馴染みになった土地の女性も歌う。この女性「遊行女婦《ゆぎょうのにょふ》」と『万葉集』に記される。今でいえば、行きつけのスナックのママといったところか。名前を「児島《こじま》」という。

大和道は　雲隠りたり　然れども　我が振る袖を　なめしと思ふな（6・九六六）

大和への道は遠く雲に隠れています。けれども、私が振る袖を無礼だと思わないでください。

「なめし」は「無礼」という意味。「別れの袖振りを無礼だと思ってくれるな」は、公的な送別会にふさわしくないと己の身分を思い、自ら規制している表現だろうか。繰り返しになるが、ここに引いた歌々を儀礼的な餞別歌として処理することは可能である。しかし、『万葉集』には十三首（紹介したのはそのうちの三首）の旅人への餞別歌が集録されている。これほど多数の餞別歌の残る人は、『万葉集』中他にいない。

「児島」への旅人の返歌もある。

大和道の　吉備《きび》の児島を　過ぎて行かば　筑紫の児島　思ほえむかも（6・九六七）

大和に帰る途中の吉備（岡山県）にある児島を過ぎて行く時は、筑紫の児島を思い出すことだろう。

「児島」の袖振りは「なめし」ではなかった。旅人は都へと帰って行った。

第四節　大納言・大伴旅人――帰京と死――

旅人の行路は馬を使っていたらしい。※9 船は、沈む危険性を考慮して避けられたという。帰途、鞆《とも》の浦《うら》（広島県福山市鞆町）に立ち寄った。

我妹子が　見し鞆の浦の　むろの木は　常世にあれど　見し人そなき（3・四四六）

亡き妻が見た鞆の浦のむろの木は、来た時と変わらずにあるけれど、それを見た人はもういない。

夫婦であれば、夫婦の共有体験がある。二人にしかわからない体験がある。それはとりたてて特別な体験ではない。坂道で見かけた名前も知らない犬であったり、二人そろって乗る電車でいつも前に座っている人であったり。しかし、二人にしかわからない共有体験は、二人だけの思い出を育《はぐく》む。鞆の浦の「むろの木」（杜松《ねず》ともいぶきともいわれる）にもそうした共有体験が存在しているのであろう。我々が首を突っ込むようなものではない。旅人と亡妻との共有体験の内実を知ることはできないけれど、それを一人で見なければならない旅人の気持ちは痛いほどわかる。

畿内の西端は明石である。淡路島を右手に見ながら進み、淡路島が見えなくなったら、畿内である。敏馬《みぬめ》（兵庫県神戸市東部）まで帰って来た時、再び妻との思い出が甦る。

妹と来《こ》し　敏馬の崎を　帰るさに　ひとりし見れば　涙《なみた》ぐましも（3・四四九）

妻と二人で来た敏馬の崎を帰るときに一人で見ると涙ぐんでしまう。

大宰府に下る時と同じ景色は、亡妻との思い出の輪郭を明瞭にしてしまう。それでも鞆の浦はまだ旅の最中、都まで無事に到着できるかどうか不分明である。しかし、敏馬の最寄り駅は阪神電鉄の岩屋。阪神は近鉄と乗り入れているので、近鉄奈良まで一時間半である。徐々に平城京で帰りを待っている人たちの顔も目に浮かぶ。大勢の家臣たちが、大納言に昇進した氏上・旅人の帰京に備えて塵ひとつないように掃き清めていることだろう。しかし、共に帰るべき妻はいない。「涙ぐましも」は、今、こうして書いていても辛い。

難波まで来たとき、大宰府の友人からの手紙が旅人のもとに届く。

まそ鏡　見飽《みあ》かぬ君に　後《おく》れてや　朝夕《あしたゆふへ》に　さびつつ居《を》らむ（4・五七二）

（まそ鏡）見ても見飽きることのないあなたの出発後、後に残って朝な夕なにさびしくしています。

離任した友人に贈る歌は、決して儀礼的なものではない。他にも旅人が帰ってしまってからの寂しさを詠う歌が残っている。これは旅人の人柄の反映としか思えない。

やがて、平城京。旅人が帰宅した日時はわかっていないが、年は明けていたのではないだろうか。帰宅直後の歌が残っている。

人もなき　空しき家は　草枕　旅にまさりて　苦しかりけり（3・四五一）

人もいない空しい家は（草枕）旅にまさって苦しいことであった。

大宰府を出発する直前「旅にまさりて　苦しかるべし」と想像していた苦しさが現実のものとなった瞬間である。146ページに戻って歌を確認してほしい。大宰府では「一人で寝たら苦しいだろう」と歌っていた。しかし、平城京の現実は、家そのものが「空し」かった。「空し」は「身＋無し」と考えられている。ガランドウである。大勢の家臣たちが立ち働き、旅人の無事の帰還を喜んでくれていた。邸宅内は隅から隅まで整えられていたことだろう。それは「空し」の象徴であった。

庭に目をやる。

我妹子が　植ゑし梅の木　見るごとに　心むせつつ　涙し流る（3・四五三）

亡妻が植えた梅の木を見るたびに心がむせかえって涙が流れる。

梅は生長スピードの速い木である。大宰府に向けて出発したときとは比べものにならないほど大きくなっていたはずである。そこに見出される時間は、妻のいた時間と妻のいない時間とに分断される。敏馬の崎で溢れそうになった涙を止めるすべはない。

いつも思う。これほどまでに愛された大伴郎女は幸せだったろうと。旅人が薨去したのは、この年の七月だった。昔見た象の小川を見ることはなかった。

第五節　人間・大伴旅人――むすび――

元号が『万葉集』と関係していても、旅人の作品が選ばれなかったらこの章は存在しなかった。我々は旅人の経歴をある程度『続日本紀』で追うことができる。しかし、官職や職掌は記されていても、旅人の生き方を知ることはできない。勿論、歌から旅人の人となりの全容を知ることはできないし、そもそも特定の個人の人となりの全容は、当人にだってわからない。それでも、旅人が残してくれた歌からは、旅人の生き方の断片を知ることができるし、旅人に贈られた歌から、旅人に対する評も浮き彫りになる。筆者が旅人好きだということを割り引いても、旅人の歌は胸を打つ。

旅人の薨去を悼んで旅人の側近だった余明軍は、

かくのみに　ありけるものを　萩の花　咲きてありやと　問ひし君はも（3・四五五）

こんなにはかないお命だったのに、「萩の花は咲いているのか」と尋ねられたあなた様よ。

と、詠った。旅人の薨去は七月二十五日（太陽暦だと九月五日）。「萩」はちらほらと咲き始める。この歌から、旅人は死の間際まで自然を愛したと論じられることもあるが、病床につきそっている明軍の悲しそうな顔を見て、明るい話題を提供した、そんなふうに考えたい。『万葉集』を末長く愛して下さることを願う。

※1　象の小川――吉野離宮の対岸にあり、吉野川に流れ込む川。
※2　宣命――天皇の勅命を口頭で述べること、また、その文書。聖武即位の宣命には「改むましじき常の典」とあり、長歌の「万代に　変はらずあらむ」はこれを踏まえている。
※3　不改常典――天智天皇が定めたという皇位継承に関わる規定。ただし、実際に存在したか否かを含めて議論が分かれている。
※4　香椎宮――福岡県福岡市東区香椎にある。
※5　民部卿――民部省（戸籍、租税などを管轄）の長官。
※6　小野老――奈良時代の貴族。大宰府で詠んだ「あをによし　奈良の都は　咲く花の　にほふがごとく　今盛りなり」（3・三二八）が有名。天平九年（七三七）、大宰府で没。
※7　安の野――福岡県朝倉郡筑前町安野《やすの》付近。
※8　以下、妻を悼む歌の解釈は、関西大学博士課程前期課程に在学している（二〇一九年六月現在）李博文君がゼミで発表した内容に基づく点がある。記して謝意を表する。
※9　この点は小田芳寿《おだよしひさ》氏の「天平四年西海道節度使《さいかいどうのせつどし》を見送る歌」（『万葉』二一六号・二〇一三）に詳しい。

付録1　主要引用テキストの原文など

※引用元に当たれるよう、参看しやすい書籍やサイトを記すように努めたが、表記方法は統一していない。また、発行年などを省いたものもある。なお、『万葉集』の引用は多いため、いちいち注していないが、基本的に『新編日本古典文学全集　万葉集　一～四』（小学館　一九九四～一九九六）に従っている。

※中国の文献については、主な出典のみを記した。現在、日本語訳のないものも多いが、『全釈漢文大系』全三三巻（集英社　一九七三～一九八〇）、『新釈漢文大系』全一二〇巻（明治書院　一九六〇～二〇一八）がかなりの部分をカバーしてくれる。

※句読点、返り点は私に付し、また、本文も私に改めた箇所がある。

※「梅花歌の序」、「蘭亭序」、「帰田賦」には現代語訳を付した。

第二章　暦と元号

○逸文『伊予国風土記』（湯の郡）（『新編日本古典文学全集　五　風土記』小学館　一九九七）

法興六年十月、歳在二丙辰一、我法王大王与二恵慈法師及葛城臣一、逍二遥夷与村一、

○法隆寺金堂釈迦三尊像光背銘（『飛鳥・白鳳の在銘金銅仏』同朋舎　一九七九）

法興元卅一年歳次二辛巳一。十二月、鬼前太后崩。明年正月廿二日、上宮法皇枕病弗レ

悆。

○宇治橋断碑（『古京遺文注釈』桜楓社　一九八九）

大化二年丙午之歳搆二立此橋一。

○難波宮出土の歌木簡（「木簡庫」奈良文化財研究所のデータベース）

皮留久佐乃皮斯米之刀斯

○『日本書紀』（朱鳥元年七月二十日条）（『新編日本古典文学全集　四　日本書紀　三』小学館　一九九八）

改レ元曰二朱鳥元年一。朱鳥、此云二阿訶美苔利一。仍名レ宮曰二飛鳥浄御原宮一。

○『令』（儀制令二六）（『日本思想大系　三　律令』岩波書店　一九七六）

凡公文応レ記レ年者。皆用二年号一。

○『令集解』の「古記」（『新訂増補国史大系　二四　令集解』吉川弘文館　一九五四）

古記云。用二年号一。謂二大宝記而辛丑不レ注之類一也。

○『続日本紀』（神亀六年六月二十日条）（『新日本古典文学大系　十三　続日本紀　二』岩波書店　一九九〇）

左京職献レ亀。長五寸三分。闊四寸五分。其背有レ文云。天王貴平知百年。

○「大誥」、『書経』

予大化二誘我友邦君一。

○「尭典」、『書経』

百姓昭明、協二和万邦一、

第三章　「梅花歌の序」まで

○梅花歌の序

梅花歌卅二首并序

天平二年正月十三日、萃二于帥老之宅一　中二宴会一也。
于レ時、初春令月、気淑風和。梅披二鏡前之粉一、蘭薫二珮後之香一。
加以、曙嶺移レ雲、松掛レ羅而傾レ盖、夕岫結レ霧、鳥封レ縠而迷レ林。庭舞二新蝶一、空
帰二故鴈一。
於レ是、盖レ天坐レ地、促レ膝飛レ觴。忘二言一室之裏一、開二衿煙霞之外一。淡然自放、
快然自足。
若非二翰苑一、何以攄レ情。詩紀二落梅之篇一、古今夫何異矣。宜下賦二園梅一聊成中短詠上。

【現代語訳】

梅の花の歌三十二首并せて序

天平二年正月十三日、帥老の家に集まり宴会を開く。時に初春のよい月、気候もよく風もうららかだ。梅は白粉のような色の花を開き、フジバカマの香りは帯玉から漂う。それればかりではない。早朝の嶺に雲が動き、松はその雲のうすぎぬを掛けたように傾いている。夕方の山の洞穴には霧が立ちこめ、鳥は絹のちりめんのような霧に閉じ込められて林を迷い飛ぶ。庭には羽化したばかりの蝶が舞い、空には昨秋やって来た雁が帰って行く。

ここに天を覆いに大地を敷物にして、膝を近づけ盃を交わす。一つの部屋にいてことばも不要であり、霞の外に心を解放する。さっぱりと何憚《はばか》ることなく、心地よく満ち足りている。

もしも詩歌でなかったら、どうやってこの気持ちを表せようか。詩には落梅の篇を作る。古今変わることはない。さぁ、庭の梅を題に、短歌を詠じようではないか。

○梅花歌

和何則能尓　宇米能波奈知流　比佐可多能　阿米欲里由吉能　那何列久流加母（5・八二二）

波流佐礼婆　麻豆佐久耶登能　烏梅能波奈　比等利美都々夜　波流比久良佐武（5・八一八）

烏梅能波奈　佐企弖知理奈波　佐久良婆那　都伎弖佐久倍久　奈利尓弖阿良受也（5・八二九）

第四章「梅花歌の序」

○『武智麻呂伝』（沖森卓也・佐藤信・矢嶋泉著『藤氏家伝　鎌足・貞慧・武智麻呂伝　注釈と研究』吉川弘文館　一九九九）

集二習宜別業一、申二文会一也。

○『万葉集』

年之経者　見管偲登　妹之言思　衣乃縫目　見者哀裳（12・二九六七）

○簡文帝「梅花賦」、『芸文類聚』

争㆓楼上之落粉㆒

○後主「梅花落」、『楽府詩集』

払㆑粧疑㆓粉散㆒

○「離騒」、『楚辞』『文選』

紉㆓秋蘭㆒以為㆑珮

○左思「魏都賦」、『文選』

窮岫泄㆑雲、日月恒翳。

○鮑泉「和㆓湘東王春日㆒」、『玉台新詠』（但し、宋時代の本には載っていない）

新燕始新帰、新蝶復新飛。

○劉伶「酒徳頌」『文選』

幕㆑天席㆑地、縦㆓意所㆒㆑如

○「原道訓」、『淮南子』

以㆑天為㆑蓋、以㆑地為㆑輿

○「疾謬」、『抱朴子　外篇』

促㆑膝之狭坐、交㆓杯觴於咫尺㆒

○駱賓王「秋日与㆓群公㆒宴序」、『文苑英華』（『駱丞集』にも見える）

不㆑有㆓佳什㆒、何以攄㆑情。

○『万葉集』

春日遅々鶬鶊正啼。悽惆之意非㆑歌難㆑撥耳。仍作㆓此歌㆒式展㆓締緒㆒。（19・四二九二左注）

○陸機「塘上行」、『文選』

淑気与㆑時殞、餘芳随㆑風捐。

○刀利康嗣「侍宴」、『懐風藻』（『日本古典文学大系　六九　懐風藻』岩波書店　一九六四）

日落松影闇　風和花気新。

○束晳「補亡詩」、『文選』

黮黮重雲、輯輯和風

○謝霊運「於㆓南山㆒往㆓北山㆒経㆓湖中㆒瞻眺」、『文選』

海鷗戯㆓春岸㆒、天雞弄㆓和風㆒。

第五章　王義之と「蘭亭序」

○『万葉集』（掲出順）

印結而　我定義之　住吉乃　濱乃小松者　後毛吾松（3・三九四）

石上　零十方雨二　将レ関哉　妹似相武登　言義之鬼尾（4・六六四）

葦根之　懃念而　結義之　玉緒云者　人将レ解八方（7・一三二四）

古　織義之八多乎　此暮　衣縫而　君待吾乎（10・二〇六四）

擇二月日一　逢義之有者　別乃　惜有君者　明日副裳欲得（10・二〇六六）

朝宿髪　吾者不レ梳　愛　君之手枕　触義之鬼尾（11・二五七八）

大海之　底乎深目而　結義之　妹心者　疑毛無（12・三〇二八）

不レ念常　曰手師物乎　翼酢色之　變安寸　吾意可聞（4・六五七）

世間　常如レ是耳加　結大王　白玉之緒　絶楽思者（7・一三二一）

○王義之「蘭亭序」、『晋書』

蘭亭記　　王逸少

永和九年、歳在二癸丑一。暮春之初、会二于会稽山陰之蘭亭一。修二禊事一也。群賢畢至、少長咸集。

此地有㆓崇山峻嶺茂林修竹㆒、又有㆓清流激湍㆒、映㆓帯左右㆒。引以為㆓流觴曲水㆒、列㆓坐其次㆒。雖㆑無㆓絲竹管絃之盛㆒、一觴一詠、亦足㆔以暢㆓叙幽情㆒。是日也、天朗気清、恵風和暢。仰観㆓宇宙之大㆒、俯察㆓品類之盛㆒。所㆓以游㆑目騁㆑懐、足㆔以極㆓視聴之娯㆒。信可㆑楽也。

夫人之相与、俯㆓仰一世㆒、或取㆓諸懐抱㆒、悟㆓言一室之内㆒、或因㆓寄所㆑託、放㆓浪形骸之外㆒。雖㆓趣舎万殊、静躁不㆑同、当㆘其欣㆓於所㆑遇、暫得㆗於己㆖、快然自足、不㆑知㆓老之将㆑至。及㆓其所㆑之既倦、情随㆑事遷㆒、感慨係㆑之矣。向之所㆑欣、俛仰之間、以為㆓陳跡㆒。尤不㆑能㆑不㆓以㆑之興㆑懐。況修短随㆑化、終期㆓於尽㆒。古人云、死生亦大矣。豈不㆑痛哉。

毎㆑覧㆓昔人興㆑感之由㆒、若㆑合㆓一契㆒、未㆔嘗不㆓臨㆑文嗟悼㆒、不㆑能㆑喩㆓之於懐㆒。固知㆘一㆓死生㆒為㆓虚誕㆒、齊㆓彭殤㆒為㆗妄作㆖、後之視㆑今、亦猶㆓今之視㆑昔、悲夫。故列㆓叙時人㆒、録㆓其所㆑述。雖㆓世殊事異㆒、所㆓以興㆑懐、其致一也。後之覧者、亦将㆑有㆑感㆓於斯文㆒。

【現代語訳】

蘭亭記　王逸少

永和九年（三五三）、年は癸丑にあたる。三月の初め（三月三日）、会稽山の北にある蘭亭に集まった。禊ぎの儀礼をするためである。多くの賢人が全てやって来て、年若い者も年長者も皆集まった。

この地には、高い山、険しい嶺、生い茂った林、丈高い竹がある。また、清らかな早瀬があって、川の左右に光が映発している。その水を引いてきて、盃を流す曲がった流れとして、人々は並ぶべき順に座る。琴や笛といった楽器はないけれども、一杯の酒を飲み一首の詩を詠じ、奥深い心の内を述べるには十分である。この日、空は朗らかに晴れ渡り、そよと吹く春風はのどかである。空を仰いでは宇宙の広大さを見やり、うつむいては地上の万物がそれぞれに盛んであることを理解する。あちらこちらを眺めてあれこれ思うことは、目に見、耳に聴く楽しみを極めるに十分である。本当に楽しい。

いったい人間がこの世で共に生活するということは、ある人はあれこれと胸の内にある考えをもって、一室のうちに友人と語り合うこともあるだろうし、ある人は自分の心を託しているところによって、心は肉体を越えて自由にさまようものである。人々の生き方はさまざまであり、動と静も同じではないとはいえ、人々は己にちょうどよいところを喜び、しばらく気に入った時には、心地よく満ち足り、老いが近づいていることにすら気づかない。心のおもむくところにもやがて飽きて、心も物事にしたがって変化するようになると、それにつれて感慨も色あせて来る。さっき喜んだところは、一瞬の間に古い跡になってしまう。もっとも、だからといって思い起こさないということはない。まして命の長いもの短いものそれぞれにしたがって、ついには尽きてしまうと決まっている。昔の人は言った「死生は人生の一大事である。」と。なんと痛ましいことではないか。

昔の人が感動したことを見ると、それは私と割り符を合わせたようにぴったりしている。いまだかつて文章を読んで悼み悲しまないことなどなかった。悲しまないよう心に悟るということもできなかった。まことに死と生とは全く同一であるという荘子の説など嘘っぱちであること、七百歳まで生きたという彭祖と子どものうちに死を迎えた命とを同じだとするのはムチャクチャであることを知った。後の人が今の我々を見るのも、また、我々が昔のことを見るようなものだろう。悲しいことである。なので、ここにいる人々の名前を並べ記して、その詩を書きとどめよう。世が殊にあれこれ違っていたとしても、思いを起こすことの趣は同じである。後に見る人もまた、この文章に心を動かすことだろう。

○「山濤伝」、『晋書』

為二竹林交一、著二忘言契一

○謝恵連「泛レ湖帰出二楼中一翫レ月」、『文選』

悟言不レ知レ罷、従レ夕至二清朝一。

第六章　『文選』と張衡の「帰田賦」

○張衡「帰田賦」、『文選』

帰田賦　　張平子

遊二都邑一以永久、無二明略以佐一レ時。徒臨レ川以羨レ魚、俟二河清一乎未レ期。感二蔡子之慷慨一、従二唐生一以決レ疑。諒二天道之微味一、追二漁父一以同レ嬉。超二埃塵一以遐逝、与二世事一乎長辞。

於レ是、仲春令月、時和気清。原隰鬱茂、百草滋栄。王雎鼓レ翼、鶬鶊哀鳴。交レ頸頡頏、関関嚶嚶。於レ焉逍遥、聊以娯レ情。尓乃竜吟二方沢一、虎嘯二山丘一。仰飛二繊繳一、俯釣二長流一。触レ矢而斃、貪レ餌呑レ鉤。落二雲間之逸禽一、懸二淵沈之魦鰡一。于レ時曜霊俄レ景、係以二望舒一。極二般遊之至楽一、雖二日夕一而忘レ劬。感二老氏之遺誡一、将レ迴二駕乎蓬廬一。弾二五絃之妙指一、詠二周孔之図書一。揮二翰墨一以奮レ藻、陳二三皇之軌模一。苟縦二心於物外一、安知二栄辱之所一レ如。

【現代語訳】

帰田賦　張平子

都に出て来てから長い時間が経過したが、時の君主を補佐するほどの優れた政策があったわけではない。川に臨んでは魚を手に入れたいと願うだけで、空しく出世の機会を待っていたが、その機会は来ない。秦の時代（紀元前七七八～二〇六）の蔡沢《さいたく》が身の不遇を嘆き、唐挙《とうきょ》という人相見に見てもらったというが、私も同じである。天は深淵で見定めがたく、汚れた世の中を厭い隠棲した漁父と同じ喜びを感じる。俗界の塵を越えて遠く去り、世間との縁を絶つことにしよう。

さて、二月のよい季節、天気はうららかであり、大気は澄んでいる。湿原は鬱蒼と茂り、多くの草が花を開く。ミサゴは羽ばたき、ウグイスは悲しげに鳴く。首をすり寄せながら飛び上がり下り、和やかに鳴き交わしている。この中で、あちこちとさまよい歩き、しばらく心を楽しませる。そして、竜のように沢で吟じ、虎のように丘でうそぶく。仰いでは「射《い》ぐるみ」(鳥を捕まえる為の仕掛け。矢などに細い糸を付けて鳥に絡みつくようにしたもの)を飛ばし、うつむいては大きな川に釣り糸を垂らす。鳥は矢に触れて落ち、魚は餌に食いついて釣り鉤を飲み込む。雲間に飛ぶ鳥を落とし、深い淵に住む小魚を釣り上げる。

時に陽は傾き、月が昇って来る。心ゆくまで楽しみを極めて、夕暮れになっても疲れを忘れている。老子が残した誡《いまし》めを思い出し、我が家に車を戻そうとする。五弦の琴をかき鳴らし、周公(周の時代の偉大な政治家)や孔子の書物を音読する。筆を執っては文章を書き連ね、昔の帝王の教えを述べるのである。心を俗世の外に放つことができれば、この世の名誉や恥辱の行方など我が身に何の関わりがあろうか。

第七章　教養

○倭王武の上表文（『宋書』倭国伝）

封国偏遠、作㆓藩于外㆒、自㆑昔祖禰、躬擐㆓甲冑㆒、跋㆓渉山川㆒、不㆑遑㆓寧処㆒。

第八章　むすびにかえて

○『古事記』のウタ（『新編日本古典文学全集　一　古事記』小学館　一九九七）

夜麻登波　久尓能麻本呂婆　多々那豆久　阿袁加岐　夜麻碁母礼流　夜麻登志宇流波斯（記三〇）

多麻岐波流　宇知能阿曾　那許曾波　余能那賀比登　蘇良美都　夜麻登能久邇尓　加里古牟登岐久夜（記七一）

○『万葉集』

～天下　所㆑知食之乎　天尓満　倭乎置而　青丹吉　平山乎超～（1・二九）

附章　大伴旅人という生き方―『万葉集』へのトビラ―

○『万葉集』（掲出順）

比来之　吾戀力　記集　功尓申者　五位乃冠（16・三八五八）

余能奈可波　牟奈之伎母乃等　志流等伎子　伊与余麻須万須　加奈之可利家理（5・七九三）

伊弊尓由伎弖　伊可尓可阿我世武　摩久良豆久　都摩夜佐夫斯久　於母保由倍斯母（5・七九五）

久夜斯可母　可久斯良摩世婆　阿乎尓与斯　久奴知許等其等　美世摩斯母乃乎（5・七九七）

去来兒等　香椎乃滷尓　白妙之　袖左倍所ㇾ沾而　朝菜採手六（6・九五七）

験無　物乎不ㇾ念者　一坏乃　濁酒乎　可ㇾ飲有良師（3・三三八）

賢跡　物言従者　酒飲而　酔哭為師　益有良之（3・三四一）

今代尓之　楽有者　来生者　蟲尓鳥尓毛　吾羽成奈武（3・三四八）

八隅知之　吾大王乃　御食国者　日本毛此間毛　同登曽念（6・九五六）

吾命毛　常有奴可　昔見之　象小河乎　行見為（3・三三二）

阿麻社迦留　比奈尓伊都等世　周麻比都々　美夜故能提夫利　和周良延尓家利（5・八八〇）

為レ君　醸之待酒　安野尓　獨哉将レ飲　友無二思手（4・五五五）

在レ京　荒有家尓　一宿者　益旅而　可二辛苦一（3・四四〇）

山跡邊　君之立日乃　近付者　野立鹿毛　動而曽鳴（4・五七〇）

阿摩等夫夜　等利尓母賀母夜　美夜故麻提　意久利摩遠志弖　等比可弊流母能（5・八七六）

倭道者　雲隠有　雖レ然　余振袖乎　無礼登母布奈（6・九六六）

日本道乃　吉備乃兒嶋乎　過而行者　筑紫乃子嶋　所レ念香裳（6・九六七）

吾妹子之　見師鞆浦之　天木香樹者　常世有跡　見之人曽奈吉（3・四四六）

与レ妹来之　敏馬能埼乎　還左尓　獨之見者　涕具末之毛（3・四四九）

真十鏡　見不レ飽君尓　所レ贈哉　旦夕尓　左備乍将レ居（4・五七二）

人毛奈吉　空家者　草枕　旅尓益而　辛苦有家里（3・四五一）

吾妹子之　殖之梅樹　毎レ見　情咽都追　涕之流（3・四五三）

如レ是耳　有家類物乎　芽子花　咲而有哉跡　問之君波母（3・四五五）

付録 2　主要参考文献

※できるだけ一般書を中心としたが、専門書や論文も含んでいる。

全体を通して

井村哲夫氏『万葉集全注　巻第五』（有斐閣　一九八四）

青木和夫氏・稲岡耕二氏・笹山晴生氏・白藤禮幸氏『新日本古典文学大系　十二～十六　続日本紀　一～五』（岩波書店　一九八九～一九九八）

『新編日本古典文学全集　六～九　万葉集　一～四』（小学館　一九九四～一九九六）

『新編日本古典文学全集　二～四　日本書紀　一～三』（小学館　一九九四～一九九八）

『和歌文学大系　一～四　万葉集　一～四』（明治書院　一九九七～二〇一五）

『新日本古典文学大系　一～四　万葉集　一～四』（岩波書店　一九九九～二〇〇三）

鎌田元一氏編『古代の人物①　日出づる国の誕生』（清文堂　二〇〇九）

坂上康俊氏『シリーズ日本古代史④　平城京の時代』（岩波新書　二〇一一）

村田右富実監修・松岡文・まつしたゆうり・森花絵『よみたい万葉集』（西日本出版社　二〇一五）

佐藤信氏編『古代の人物②　奈良の都』（清文堂　二〇一六）
所功氏・久禮旦雄氏・吉野健一氏『元号―年号から読み解く日本史―』（文春新書　二〇一八）
佐藤信氏編『古代史講義』（ちくま新書　二〇一八）
河上真由子氏『古代日中関係史―倭の五王から遣唐使以降まで―』（中公新書　二〇一九）

第二章　暦と元号

東野治之氏『書の古代史』（岩波書店　一九九四）
東野治之氏『遣唐使船』（朝日選書　一九九九）
東野治之氏『遣唐使』（岩波新書　二〇〇七）
村田右富実「『春草』木簡出土の意義」（『季刊・明日香風』一〇二号・二〇〇七）
東野治之氏『岩波人文書セレクション　書の古代史』（岩波書店　二〇一〇）
都出比呂志氏『古代国家はいつ成立したか』（岩波新書　二〇一一）
市大樹氏『飛鳥の木簡―古代史の新たな解明―』（中公新書　二〇一二）
久保常晴氏『日本私年号の研究』（吉川弘文館　一九六七　新装版　二〇一二）

大津透氏『日本史リブレット　律令制とはなにか』（山川出版社　二〇一三）
三浦佑之氏『風土記の世界』（岩波新書　二〇一六）
東野治之氏『聖徳太子―ほんとうの姿を求めて―』（岩波ジュニア新書　二〇一七）
『角川　新字源　改訂新版』（角川書店　二〇一七）
河内春人氏『倭の五王―王位継承と五世紀の東アジア―』（中公新書　二〇一八）

第三章　「梅花歌の序」まで

寺崎保広氏『人物叢書　新装版　長屋王』（吉川弘文館　一九九九）
神野志隆光氏・坂本信幸氏編『セミナー　万葉の歌人と作品　第四巻　大伴旅人・山上憶良（一）』（和泉書院　二〇〇〇）
神野志隆光氏・坂本信幸氏編『セミナー　万葉の歌人と作品　第五巻　大伴旅人・山上憶良（二）』（和泉書院　二〇〇〇）
稲岡耕二氏『人物叢書　新装版　山上憶良』（吉川弘文館　二〇一〇）
遠藤慶太氏『六国史―日本書紀に始まる古代の「正史」―』（中公新書　二〇一六）

第四章 「梅花歌の序」

井上通泰氏『万葉集新考　巻二』（国民図書　一九二八）
金子元臣氏『万葉集評釈　第三冊』（明治書院　一九四〇）
『日本古典文学大系　四　万葉集　二』（岩波書店　一九五九）
澤瀉久孝氏『万葉集注釈　巻第五』（中央公論社　一九五九）
中西進氏『万葉集の比較文学的研究』（桜楓社　一九六三）
古沢未知男氏『漢詩文引用よりみた万葉集の研究』（桜楓社　一九六六）
辰巳正明氏『万葉集と中国文学』（笠間書院　一九八七）
芳賀紀夫氏『万葉集に於ける中国文学の受容』（塙書房　二〇〇三）
神野志隆光氏『「日本」とは何か—国号の意味と歴史—』（講談社現代新書　二〇〇五）
興膳宏氏「遊宴詩序の演変—「蘭亭序」から「梅花歌序」まで—」（塙書房『万葉集研究
第二八集』　二〇〇六年）
『新日本古典文学大系　十三、十四　続日本紀　二、三』（岩波書店　一九九〇、一九九二）
伊藤博氏『万葉集釈注　三　巻第五・巻第六』（小学館　一九九六）
正高信男氏『ヒトはいかにヒトになったか—ことば・自我・知性の誕生—』（岩波書店

二〇〇六）

第五章　王羲之と「蘭亭序」

『新釈漢文大系　十六　古文真宝（後集）』（明治書院　一九六三）
小島憲之氏『上代文学と中国文学　中』（塙書房　一九六四）
『日本古典文学全集　三　万葉集　二』（小学館　一九七二）
吉川忠夫氏『王羲之—六朝貴族の世界—』（清水書院　一九七二　岩波現代文庫　二〇一〇）
『中国法書選15　蘭亭叙〈五種〉』（二玄社　一九八八）
西村昭一氏『中国法書ガイド　蘭亭叙』（二玄社　一九八八）
中西進氏『万葉と海彼』（角川書店　一九九〇）
中西進氏「万葉梅花の宴」（『筑紫万葉の世界』雄山閣　一九九四）
井村哲夫氏「蘭亭叙と梅花歌序—注釈、そして比較文学的考察—」（『犬養孝博士米寿記念論文集　万葉の風土・文学』（塙書房　一九九五）
森野繁夫氏『王羲之伝論』（白帝社　一九九七）
魚住和晃氏『書聖　王羲之—その謎を解く—』（岩波書店　二〇一三）

第六章　『文選』と張衡の「帰田賦」

『全釈漢文大系　二七　文選（文章編）二』（集英社　一九七四）

『新釈漢文大系　八一　文選（賦篇）下』（明治書院　二〇〇一）

川合康三氏・富永一登氏・釜谷武志氏・和田英信氏・浅見洋二氏・緑川英樹氏『文選　詩篇（一）～（六）』（岩波文庫　二〇一八～。（六）は未刊。また「帰田賦」は「詩」ではないので、入っていない）

仲谷健太郎氏「引用書名に見る漢籍の利用―比較文学の研究史を踏まえて―」（『万葉をヨム―方法論の今とこれから―』笠間書院　二〇一九）

附章　大伴旅人という生き方

中西進氏編『大伴旅人―人と作品』（おうふう　一九九八）

中嶋真也氏『コレクション日本歌人選〇四一　大伴旅人』（笠間書院　二〇一二）

小田芳寿氏「天平四年西海道節度使を見送る歌」（『万葉』二一六号・二〇一三）

あとがき

品田悦一氏『万葉集の発明―国民国家と文化装置としての古典―』（新曜社　二〇〇一）

あとがき

本書を書き始めたのは四月一日の夜でした。「令和」の発表後、激変する身の回りに、筒井康隆氏『おれに関する噂』（新潮社　一九七四）を思い出していました。「おれに関する噂」は、朝のニュースで、突然自分のニュースが流れ始める小説です。そこまで極端ではありませんが、大学の研究室の電話は何週間かに一度鳴るか鳴らないかだったものが、広報課から「××放送がコメントを求めています」と電話が掛かって来る、知り合いの新聞記者さんから電話が掛かって来る、知らないオジサンからも掛かって来る（あれは結局誰だったのだろう）、親戚のおばちゃんからは携帯に掛かって来る、質問は一つ。「新元号が『万葉集』から採られていることについてどう思うか」。親戚のおばちゃんはとても親しいから、喜んでお話しましたが、同じ話をするのはやはり疲れます。少しぐったりして、自宅に電話したら、かみさんが「新元号、どうなの？」。家に帰ると娘からも訊かれました。

家族で夕食をとりながら、ああでもない、こうでもないと話していたら、「おとう、それ本に書かなきゃ。仕事でしょ」と娘から突っ込まれました。かみさんも加勢します。「おとう」はそれでも書く気が起きませんでした。さまざまな感想はあるものの、自分の仕事だという感覚はなかったからです。そうした中で、「でも、それって、誤解なんでしょ。ちゃんと説明しないと、どんどん膨らむよ。令和はこれから何年も続くんだから」という家族のことばに心が揺らぎました。

「たしかにそうだ。ちゃんと説明しないと、どんどん膨らむ、それはよろしくない」これまで何冊か本を出してもらっている西日本出版社の内山社長に電話を掛けました。あっという間に決まりました。

本文中にも書きましたが、元号は政治以外のなにものでもありません。支配する側はいいように利用します。反体制側も利用します。書き始めた数日後、「『万葉集』はネトウヨ（インターネット上で右翼的発言を繰り返す人々）の書だとネットに書き込みがあった」とかみさんから聞いた時は、心底驚きました。書き始めてよかったと思った瞬間でした。

勿論、筆者自身の政治的信条はありますが、それはそれとして、本書は「できるだけ偏らないという政治的信条」に基づいて書いたつもりです。それでも、もしかすると端々に筆者の立場が透けてしまっているかもしれません。それはそれでしかたありません。

『万葉集』には最悪の政治利用の過去があります。戦争礼讃に悪用された時期があります。消し去ることのできない忌まわしい過去です。ご存じない方は、「軍国主義　万葉集」でググッてみてください。その愚を繰り返さないために、繰り返させないためには、実際に『万葉集』を手に取ってもらうのが一番です。

是非、『万葉集』を少し愛して長く愛してください。

村田右富実（むらた・みぎふみ）
1962年生まれ、北海道小樽市出身。北海道大学大学院修了。
現在、関西大学教授。上代日本文学専攻 博士（文学）。
著書『柿本人麻呂と和歌史』（和泉書院刊）〈上代文学会賞受賞〉
『おさんぽ万葉集』『よみたい万葉集 ポケット万葉写真帖』（小社刊）。
共著『日本全国 万葉の旅 大和編』
『日本全国 万葉の旅 西日本・東日本編』（小学館刊）。
監修に『わかる古事記』〈古事記出版大賞太安万侶賞受賞〉
『よみたい万葉集』（小社刊）。

令和と万葉集

２０１９年６月15日　初版第一刷発行

著　者　村田右富実
発行者　内山正之
発行所　株式会社西日本出版社
〒５６４－００４４　大阪府吹田市南金田１－８－25－４０２
［営業・受注センター］
〒５６４－００４４　大阪府吹田市南金田１－11－11－２０２
Ｔｅｌ　０６－６３３８－３０７８　ｆａｘ　０６－６３１０－７０５７
郵便振替口座番号　００９８０－４－１８１１２１
http://www.jimotonohon.com/

編　集　竹田亮子
装　丁　水戸部功

ISBN978-4-908443-46-6